館中鼠

張郅忻——著
許育榮——圖

目錄

鬚言

吱！這本書的作者，我，是住在圖書館裡的老鼠。你也許會問，為什麼我會住在圖書館裡呢？書又不能當作食物。但是，如果圖書館裡有餐廳，那麼，住在圖書館就不奇怪了。

吱吱，我要說的，就是發生在這樣一間「複合式」圖書館的故事。

這棟圖書館有八層樓這麼高，也就是一千六百隻老鼠疊羅漢的高度。這裡四面全是玻璃，白天陽光直曬，整間圖書館都亮亮的，還好平日有冷氣，我們才沒熱死。一到晚上，每一面都打上一道光束，紅的、綠的、藍的還有黃的，看起來就像聖誕節包裝精美的禮物。阿母每天閉上眼禱告：「感謝老天，感謝柳橙，送給我們這個『禮物』，讓我們可以在這裡好好生活。」「柳橙」是海港城的市長，「禮物」就是她蓋的。

住在這裡的老鼠都同意，這份「禮物」太適合我們了。有冷氣空調，不會太冷不會太熱；有天花板、書架可以躲藏；還有餐廳，讓我們可以吃飽飽。

很久以前，圖書館是沒有餐廳的，只有「禮物」才有！到底圖書館什麼時候開始有餐廳呢？為了解答這個疑惑，我找來一本叫做《圖書館的故事》的書，作者是一個在圖書館工作的人類，好像叫做馬修巴爾特斯，還是馬修斯巴特爾？吱！這個人類的名字實在太長、太難

記了！像我，排行十六，阿母就叫我十六，多好記，吱吱！

總之，那個叫馬修的介紹了從古至今許多圖書館的歷史，從古老的美索不達米亞泥板圖書館、埃及幾層樓高的亞歷山德拉圖書館，到現代波斯尼亞國家圖書館。我努力的找尋這些圖書館的平面圖和介紹，但是都沒發現哪個圖書館有附設餐廳。可能是作者覺得不重要，所以沒有介紹。也可能，從古代到現代從來沒有一間圖書館有餐廳。也就是說，我現在生活的圖書館說不定是最偉大的圖書館，是人類有歷史以來第一個有餐廳的圖書館。這是多麼棒的設計啊！吱！每次吃到好吃的食物，我就會想，蓋圖書館的人一定跟我一樣愛吃！

也許你會問我，你又不曾到過別的圖書館，怎麼知道這間圖書館是最棒的？這是我從導覽員那聽來的，他們說，這棟圖書館最大的特色是裡面種了八棵樹。從六樓開始，中間是空的，那些樹就種在六樓，樹梢冒出頂樓。蓋圖書館的人說，圖書館提供書，讓讀者可以吸收、成長，像大樹一樣。這個說法我同意，只是，小樹每次來不及長成大樹就倒了。

不過，我還是很喜歡這裡。八棵樹圍成一個圈，四周很平坦，沒下雨的時候，人類會聚在那裡曬太陽、講手機。一到假日，有些人類小孩會跑來樹下看書。他們皺著眉頭，邊看邊寫，用紅筆畫記號，書名多是「國文」、「數學」、「理化」……，小孩有時乾脆把書丟一旁，在樹下睡覺。我發現，幾乎每個小孩都有這樣的書，不知道那些書到底好不好看呢？

每棵樹的樹幹上都綁著一塊牌子，寫著「竹柏」兩個字。其實，我很同情這幾棵樹，他們身上至少綁了三根鐵絲，牢牢固定在圈圈

裡，好像做錯事被罰站。雖然他們讓我們的生活多了綠意，但是，他們一定覺得很不自由吧。吱吱！

有一次，我躲在圍欄下聽導覽員介紹：「這就是我們圖書館最著名的『館中樹』，大家想想，現在空氣品質那麼糟，這些竹柏可是號稱『天然空氣清淨機』，可以改善空污，我們圖書館真是用心良苦啊！你們說是不是？」我好佩服這些導覽員，幾棵樹就可以清淨空氣，真是了不起！

話說回來，對我們來說，這裡確實是築巢的好地方。尤其館中樹下方，第五層到第六層之間的天花板，有厚實的泥土，比水泥牆柔軟，最適合我們。每天，竹柏葉落下來，鼠寶們會去撿一兩片，當成吐司、肉排、餅乾，玩起辦家家酒。

我很喜歡圖書館的家。只是，住這裡也有風險，上次瘋颱，把小樹連根拔起，雨水沿著泥土滲入我們的窩裡。我們背著還小的弟弟妹妹，逃到地勢高的地方，躲避水災。好不容易，雨終於下完了，圖書館人把被吹得東倒西歪的樹帶走，種上新的樹，填平泥土，蓋上草皮。還好，人類沒有發現我們，吱呼！

阿母的窩就在館中樹下最深的地方，用便當盒當底，咬碎的紙屑作床墊，光想就覺得舒服極了。當我還是鼠寶的時候，就這樣窩在阿母旁邊，她的「內內」又濃又香。鼻子一嗅，就能一口含住阿母的乳頭。吱！真是懷念的滋味！

等到毛長齊了，學會吃其他食物，就必須搬出阿母的窩，跟其他兄弟姊妹一起住。我有很多很多的兄弟姊妹，像是最愛吃甜點的一姊；還有長得胖胖的，其實武功高強的四寶哥；老是板著臉，最愛嘲笑我的七寶哥。

從張開眼睛開始，我就被大家叫「吱哩咖」。也就是人類說的「怪咖」的意思。他們說得沒錯，我天生只有一隻眼睛看得見，左眼被一層白色的膜包覆。這對覓食來說非常不利。一般的老鼠有兩隻眼睛，每隻眼睛都可以自由調整方向，大家一次可以看兩個地方。這不僅有助於尋找食物，更可以避掉危險。只有一隻眼睛的我，永遠只能看某一邊，等於是比別的鼠多一倍的風險。

因為這個緣故，鼠族的長老曾建議阿母將我丟掉，反正長大以後也沒辦法找食物養活自己。但阿母還是堅持要餵養我。她引用了一句鼠諺說服長老，那就是「吱哩吱哩咕嚕哩」（每隻鼠都有自己的命運）。關於這一點，我是很感謝阿母的。不過，少了一隻眼睛，也在我心裡埋下陰影，我總覺得自己跟別隻鼠不一樣。讓我總是很自卑，一緊張起來講話就會結結巴巴，常被其他鼠取笑。

我還有一個怪癖，就是我對人類特別好奇，常常偷撿人類的東西回窩裡來。比如一個八邊形的滴滴鐘，中間有個小框框，上面會顯示不同數字，我最喜歡的數字是16:16。我是在三樓櫃檯撿到它的，剛帶回來時，本來好好的，突然滴滴大叫，嚇得大家全跑出來，害我被阿母狠狠罵一頓。阿母叫我把它丟掉，可是我捨不得。

我還有一顆透明的玻璃珠，裡頭有藍綠兩種顏色，對著光看，特別漂亮。每次輪到我守洞穴入口的時候，我會帶著玻璃珠，想像如果遇到敵人，就一腳飛踢，把珠珠射向他。

吱！什麼敵人？敵人可多著呢！

圖書館的鼠族不只有我們便當鼠，另外還有閃電鼠、地下鼠兩大家族都住在這裡。更不要說那些精明無比的蟑螂、眼觀四面的蜘蛛，最叫我們害怕的「大蛇」。吱吱！想到大蛇，我的毛全豎起來了！

其實，我從來沒見過蛇，全是聽阿母說的。每次溜出去玩被阿母抓到，她就會恐嚇我們：「小心被大蛇抓去當午餐！一口把你吞掉！」阿母還說，「外面」比大蛇可怕的東西多得是，但再怎麼可怕，都比不上人類。我們對人類，真是又愛又恨，他們殺我們一點都不手軟，但是，也是因為人類，我們才有東西吃。

阿母說，三大家族裡，最早來到「禮物」的是我們便當鼠。她總是驕傲的說，剛來這裡時，圖書館還是一片工地呢！

吱！什麼是工地？

你看，玻璃窗外面，全部都是工地。這裡、那裡，更遠一點，都是工地。離「禮物」最近的，是圖書館二期計畫的工地，聽說要蓋十層樓高的「旅館」，以後會有更多不同的餐廳。吱！再說下去，我的口水都要流下來了。

不過，等到「旅館」完全蓋好不知道還要多久？現在那裡還是工地。黃土、泥沙滿天飛，許多大怪物來來去去。有的脖子長長的、牙齒尖尖的，一低頭就可以在地面鑿開一個大洞；有的肚子裝著橄欖球，整天轉呀轉，不知道那肚子裡裝的是什麼？每天早上，怪物們醒來，圖書館的天花板就開始震動。嗒嗒嗒，是打地基的聲音；鏘鏘鏘，是蓋房子的聲音。吱！吵得我吃不下，什麼事也做不了，但人類卻好像一點感覺也沒有，圖書館人繼續在書架前上架，來看書人依舊專注的低頭坐在書桌前。

房子越蓋越高，怪物們的脖子就越伸越長，本來只有地下一樓，長到了三樓。我從六樓玻璃窗看見，怪物伸出長長的脖子，一下往右，一下往左。吱！好可怕！

工地那麼危險，阿母幹嘛要在「禮物」還是工地時就趕來築巢？當然是為了吃囉！這裡常有便當廚餘可以撿。那些叫「工人」的，也不太管我們。我們靠著骨頭、肉屑、飯粒、湯汁長大。哪裡有便當，第一個發現的一定是我們便當鼠。阿母說，沒有任何老鼠比我們便當鼠的鼻子更靈敏了！吱！

第二批搬到「禮物」的是從舊館跟著人類來的閃電鼠。為什麼叫閃電鼠呢？傳說是這樣的，好久好久以前，閃電鼠家族的長老，因為誤咬電線而觸電，奇蹟式的活下來，鬍鬚卻變成閃電的形狀。還有，閃電鼠跑超快，就像閃電一樣！閃電鼠長老說，他們是最古老的家族、最聰明的老鼠，記得最多鼠諺。因為他們最聰明又最古老的緣故，所以他們的窩築在三樓天花板上，也就是餐廳的正上方，那是最靠近食物來源的地方。

最晚到「禮物」的地下鼠不服氣，他們也想住在餐廳上面。但是，閃電鼠長老說，他們最常動腦，需要最多食物。地下鼠本來就住在水溝，地下室夾板裡的管線，可以通到水溝，最適合他們。閃電鼠長老還說，他一定會公平分配食物給大家，要我們便當鼠站在他們這邊，一起維護「和平」。地下鼠長得特別高大，很能打架，但數量不多，只好搬去夾板裡。

我們覓食的第一堂課，不是學習找食物，而是學會分辨不同家族的氣味。閃電鼠身上常帶著清潔劑的味道。他們愛洗澡，常趁晚上，在洗手槽打開水龍頭，擠出洗碗精和洗手乳，洗泡泡浴。五妞說，她最喜歡的是保濕洗手乳，不但有玫瑰香精的味道，洗完皮膚特別柔嫩，毛髮也特別滑順。而地下鼠因為長年待在地下室的管線裡，全身都是臭水溝的味道。其中味道最重的，就是地下鼠的老大。

吱！至於我們，我們最愛吃便當，身上當然就是便當味囉！

以前我們聞到其他家族的氣味，會盡量閃避，保持距離。我們相信閃電鼠長老一定會公平分配食物，不過，後來食物越來越難找，搶食物的事件越來越多……

1 盜領便當去

「吱啊叭，哩啊叭。」（鼠越棒，吃越胖。）

這是一句古老的「鼠諺」，不管是閃電鼠、地下鼠或我們便當鼠，都對這句話深信不疑。

隔牆發現食物是基本功，和人類相處久了，知道人類的習慣，甚至聽得懂人類說的話，是更高的本領。從這些方面來說，我的阿母可說是鼠一鼠二。

阿母派我「旁聽」一場會議。我穿過空調設備的管線，一路從餐廳後牆直達圖書館八樓會議室的天花板上。

會議室冷氣很強，要不是我們有溫暖的毛皮，一定會像那個穿短裙的女人，冷得直發抖。會議桌的形狀長得像倒蓋的鍋子，桌子正中間有塊牌子，上面寫「主持人」。主持人有一張長臉，留著山羊鬍，說話時喜歡用手摸鬍子。他是副館長，「副」代表第二領導人。我們家族裡，只有一位領導者，就是阿母。經過幾次觀察，我發現這個「副」館長不能決定什麼事，頂多是說些好聽話，或是一點都不好笑的笑話。

館長，才是「禮物」最大的人物，也只有他有權力決定圖書館的一切。我猜，他一定也是最會吃的人。因為，阿母說過，嘴巴就是權力，越會吃的越大。像阿母就是家族裡最會吃的。等她吃飽飽，就會用圓滾滾的肚子生下鼠寶，再用甜甜的奶水餵飽大家。

「請大家翻到業務分工表第一頁。便當是誰負責的？」副館長用難得嚴肅的語氣說話，我豎起耳朵、揚起尾巴認真聽。

「有三位同仁負責，主要聯繫的是推廣組的香香。」穿短裙直發抖的女人說話了，她燙著一頭長捲髮，坐在祕書身邊。

最後面一個長得挺壯的女人趕緊舉起手。吱！她就是香香吧。我用右眼牢牢記住她的體型，用靈敏的鼻子記得她「香香」的味道，聞起來像混鹽巴的泡泡糖，甜鹹甜鹹。

「嗯。」副館長停頓一下，摸摸鬍子，翻翻手上的資料，抬起頭問：「便當是訂哪一家？有沒有確認便當要先給誰？」吱！給我！吱吱！給我給我。我忍不住叫出聲來。啪、啪，尾巴不自覺拍著天花板。還好，沒人聽見我的聲音。

「我的意思是，」副館長說：「要記得先給幾個重要的董事。誰負責誰的便當最好都排出來，幾個雞腿、幾個排骨、幾個魚排、幾個素食，還要多訂一點，以免現場不夠發。」

「董事只有十六位，三位同仁應該現場應變就好。」短裙女人開口：「我想……」

副館長丟下手中的筆，短裙女人閉上嘴，現場突然一片安靜。副館長嘆口氣接著說：「桌上有很多會議資料，便當該怎麼擺很重要。你都當組長了，這些小細節還需要我提醒嗎？別忘了還有茶水！紅茶、咖啡、水果，能準備的就準備好，聽得懂我的意思嗎？」

「是。」

「明天就是九月一日，是我們圖書館法人化的第一天，也可以說是圖書館最重要的日子。」副館長瞪了一眼旁邊打哈欠的領帶人，繼續說：「拜託各位同仁務必面帶微笑，親切服務。好，接下來進行報告事項。」

我看了一下牆上的時鐘，光是討論便當的發送，已經過了半個小時，這半個小時夠我吃完整個便當了！吱，只要告訴我便當什麼時候到就好了啊！難怪領帶人要打哈欠。

偷走熱呼呼的便當，對我們來說當然非常危險。阿母平時教我們要往暗的地方走，不偷不搶，只「撿」吃剩的東西。

我對吃剩的食物沒有絲毫不敬，是它們把我從一隻鼠寶餵養長大。以前，我們可以從餐廳裡找到發酸的美食，每天都能吃飽飽。可是老鼠數量越來越多，食物卻越來越少。

既然撿不到吃剩的食物，只好偷餐廳裡的東西。但越是這樣，人類就越容易發現我們。他們請來滅鼠大隊，執行整整一個月的滅鼠計畫，讓我們死的死、傷的傷。吱嗚！真是一段悲傷的回憶。

香香，那個泡泡糖女人，身材就像吹脹的泡泡糖，皮膚黑黑的，眼睛被厚重的鏡框遮住，毛髮稀疏。我看過時尚雜誌的封面，封面女郎都白白瘦瘦的，還有一雙大眼睛。香香這種，鐵定上不了雜誌封面。但她身上的泡泡糖香味，叫我著迷。

一早，四寶哥和我就在香香辦公桌上方的天花板等待。一股泡泡糖味從門口傳來，我吸了一大口，吱！真好聞！

「來了，嗝吱！」我身邊的四寶哥「嗝」一聲，發出濃濃的酒氣。四寶哥雖然長得像顆棒球般，圓鼓鼓的，但動作很快，大家都叫他「洪四寶」（不明白的鼠輩們，請到四樓視聽室看功夫片，那個長得最胖的、功夫最好的人類，叫做洪金寶，四寶哥的名字就是從那個人類來的）。除了七寶哥外，四寶哥是家族裡最能打的。他唯一缺點就是愛喝酒，偏偏他對酒的氣味特別敏銳，哪裡有酒都逃不過他的鼻子。

「今天有任務，還喝！」我忍不住念他：「吱！你到底從哪偷來那麼多酒？」

「你知道『老鼠人』嗎？嗝吱。」四寶哥打了一個大嗝。

真是難聞！我用前腳摀著鼻子說：「你說的是那個住在圖書館的『人』？」那個人不像人，身上有一股酸酸的，像地下鼠的味道。頭髮亂七八糟，背著一個黑色大塑膠袋，天天在圖書館晃來晃去。閉館時就躲進廁所，在廁所裡鋪上報紙，用兩本文學史當枕頭，把紙箱連接成被子，變成溫暖的窩。

「就是他！」四寶哥說：「你記得，他老是帶著一大袋瓶瓶罐罐，我就趁他睡著，躲進那袋子裡，別小看那袋東西，藏了不少好酒！吱嗝！你現在也對酒有興趣啦？」

「才沒有呢！吱！」我抱怨著：「我可不想老是打酒嗝。」

「欸！這可是為了練『醉拳』！」四寶哥用尾巴拍了拍我：「倒是你，功夫那麼爛，等一下有什麼狀況，就往前跑，不要回頭。嗝吱。」

四寶哥話才說完，香香站起身，往門口走去。我們跟著她，走進冰冷的會議室。我好像聞到一股不同的氣味，但因為香香的味道太吸引我，我沒去理會。

這是圖書館最重要的一天。副館長昨天說過的。我仔細往下看，裡面一定有什麼重要的大人物。只見一個長得白白淨淨的男人坐在正中央，表情很嚴肅，年齡比副館長還大。沒錯，他就是館長，連昨天高高在上的副館長都得低著頭向他細聲說話。他圓滾滾的肚子一定能裝下很多食物吧！不過，這次行動目標不是他，是坐在離他最遠的香香。我用右眼緊緊盯牢香香。

可能是因為要執行任務，每分鐘都過得好漫長。只見底下的人們嘰嘰喳喳討論著，我聽到「新書發表會」幾個字。

「總務組要記得把場地空下來呀！」「不只場地，那天要加派人手，所有的電梯都要有人控著。」「需不需要叫把費呀？」把費！我聽見這個名詞，睜大眼睛，用尾巴拍了拍四寶哥。四寶哥也興奮的用尾巴拍著天花板。

「咔噓！」我提醒四寶哥小聲點，看來他今天有點喝過頭，太嗨了。

正當「下面」討論得正熱烈時，香香的手機居然響了起來。她露出不好意思的表情，拿起手機走到會議室外。她對著手機說：「我馬上下去。」四寶哥看著我揚起尾巴，表示行動開始。

香香走進電梯，我們跳到電梯上，電梯一停，我們跟著她走出去，這裡是一樓。我們躲在天花板，看見她到警衛室領了兩袋便當。接著，一手款著一大袋便當，走旋轉梯到地下室。我們從管線裡溜進地下室，循著味道，找到便當。它們被放在收發室外的四方桌上，香香的笑聲從旁邊的小房間傳來。大概是時間還沒到，先跟同事聊天。這是好機會！我用一隻眼睛牢牢盯著收發室，朝四寶哥揚起尾巴，要他快去。

四寶哥跳進紅色防火通道降落地面，緊抓著桌腳往上爬。我跟在他後面，四寶哥用門牙咬斷橡皮筋，便當盒打開，油油亮亮的肉排就在眼前。好久沒見到這麼「完整」的食物，我忍不住也衝過去舔一口。

突然，一股臭水溝味撲來。我正要轉身，一個黑影推開我。只見四寶哥和一隻身體高大的老鼠打成一團。另一隻老鼠則衝到我面前，咬了肉排一口。吱！是地下鼠！

吱咿——碰——

吱噓！不要被人類發現！我正要提醒四寶，卻來不及。「有、老、鼠。」門打開，傳來香香驚恐的尖叫聲。

有的人手拿掃把，有的人手持棍棒，朝我們打來。「吱！」四寶哥大喊，大家跳下桌子，趕快逃跑。

吱嗚！我聽見一聲慘叫，轉頭一看，一隻地下鼠被打趴在地。另一隻嘴咬肉排的地下鼠和四寶哥緊追在後。後來，只剩四寶哥。再後來，四寶哥也不見。眼前暗濛濛，好多車屁股、大輪胎。就躲進車子下面吧！

「臭老鼠！就剩你啦，看你往哪跑！」巨大的掃帚朝我揮來，屁股像是炸

開，我飛到半空中……

吱咿！痛！我努力睜開眼，四周都是菱形鐵框，上面懸著一支鐵鉤，什麼東西也沒有。這是捕鼠籠！我在餐廳廚房見過，人類會在鐵鉤上放食物吸引我們，受不了誘惑的老鼠只要走進去，門就會「啪」一聲關上，再也出不來。

這時，一雙戴著塑膠手套的手，握住籠子的把手，整個籠子劇烈搖晃。我聞到，強烈的清潔劑味。那個人類戴著口罩，有一雙像硬幣般大大的眼睛。

是她！

我認得她。口罩人。老是拿著掃把，打掃禮物。她從來不曾把口罩脫掉。口罩遮住她大部分的臉，只露出一雙大眼睛。眼尾下垂，像乾枯的魚。她不愛說話，除非有人問她。我記得有一次，我躲在清潔車底部，跟著她進貨梯。

「幾樓？」一個穿圍裙的圖書館人問。

「溜樓，謝謝。」口罩人答。

「什麼？」圖書館人提高音量。

「溜樓。」口罩人再說一遍。

「喔，是六樓啊！聽你的口音，你不是台灣人吧，哪來的？」圖書館人按下六樓鍵。

「越南。」口罩人的聲音變得好小好小，我豎起耳朵才能聽見。我猜她是從一個很遠很遠的地方來到這裡。就像阿母當初搬來圖書館一樣。

「你知道我們五樓有多元書區吧，有越南文的書喔，有空可以去翻一翻。你看得懂吧?!」這個人真是個「吱哩咕」，管別人看不看書！吱哼。

整個圖書館，可能只有我看過她脫掉口罩的樣子。每次午休，她會跑到頂樓，拿出手機「視訊」。我躲在木頭地板下，看見她脫掉口罩的樣子。她的上排牙齒掉了幾顆，其他牙齒像米粒般細細小小，嘴唇凹陷。手機視訊裡的是個老女人，聲音沙啞。我聽不懂她們說的話。有時，她說到哭了，把口罩往上拉，遮住眼淚。我全看見了。

那天，我真有點同情口罩人，沒想到，現在我的命運掌握在她的手中。吱吱！

她好像聽到我的聲音，停下腳步，看了我一眼。我閉眼，裝死。過一會兒，籠子終於不再搖晃。清潔味也不見了。我再次睜開眼睛，小聲喊：「吱吱，四寶哥！」

濃濃血腥味竄進我的鼻子，那隻緊咬肉排的地下鼠壓在我身上，嘴裡還含著那塊肉。我用盡力氣推開他，撐起前肢，喊：「四寶哥？吱！」微弱的「吱吱」聲從另一頭傳來。我努力爬過去，只見四寶哥肥滿的身體像消氣的氣球，毛皮鬆垮，一點精神也沒有。

「十六。」四寶哥的聲音好小，身上的酒味被血的味道蓋過。

「吱！四寶哥，你還好嗎？」我伸出舌頭舔了舔他乾燥的鼻子。

「十六，別管我，活下去，嗝吱。」四寶哥打完最後一個嗝，就昏了過去。無論我怎麼叫，他都沒有回應。

只剩我。沒有四寶哥，我一隻鼠要怎麼逃脫這裡？我害怕的看了看四周的鐵籠，全是黑漆漆的網子。四寶哥命在旦夕，阿母和鼠寶們可能會餓死。我第一次這麼恨人類。以前，跟著吉姆叔叔讀書的時候，我還想，如果我是人類就好了。現在，對人類，只有恨。我恨人類，我們不過要塊肉，人類卻要我們的命！吱嗚！

也許是太久沒吃東西，一點力氣也沒有。我撐著疲憊疼痛的身體，慢慢靠近地下鼠，掰開他的牙齒，吃掉那塊肉，舔了他的血。我很累，頭很昏，閉上眼，我看見無數白色雪花，一片片飄落，還有讀書的聲音……

誰灑下雪花？誰融化冰霜？

誰把天氣搞壞，誰讓天氣轉好？

2 神祕的符號

這是我第一次「讀書」，讀書給我聽的是吉姆叔叔。

第一次看見吉姆叔叔，我的毛才剛長齊，準備過第一個冬天。

那天晚上月亮很圓，阿母叫七寶哥帶著我們這幾個「小的」到館中樹，看看月亮。才剛出洞口，就看見一團毛球倒在洞前。他的毛很髒，上面有黑色血塊。但我看得出來，他和我們不一樣。我們的毛色如深灰的夜色，他的毛髮則像月亮，閃著白色的光芒。

我嚇傻了，站在原地不敢動。七寶哥走到那團毛球旁，用鼻子嗅了嗅說：「他還活著！」

「我想我們應該先報告阿母。」一姊建議。

「吱哼！不用，這種來路不明的，就讓他死在這。誰知道他有沒有病？」七寶哥說完，大家都倒退兩步，呼吸變得很小心，怕病菌會透過空氣，跑進身體裡。

「那……該怎麼辦？」一姊說：「總不能讓他死在洞口！」

「吱哼！真是麻煩！」七寶哥說完，到樹下咬一根樹枝，用樹枝刺了刺那團毛球，只聽見毛球發出「吱嗚～吱嗚～」的聲音，好像在求饒。

「欸，我看你還沒死，還不給我滾遠一點！」七寶哥戳得更用力。

「吱嗚！救……救……救我！」那聲音很微弱。七寶哥如果再用力戳，他鐵定完蛋。不知道是因為他的哀求聲，還是他跟我們不一樣的毛色，讓我十分同情他。因為，我跟他一樣，和別的鼠不同。他是白色的，而我只有一隻眼睛。

「你，就是你！」七寶哥吐掉樹枝，露出尖銳的前牙，突然看向我說：「你，有什麼意見嗎？」我才發現自己竟然站了出來，突然間，好多雙眼睛看著我。

「吱吱……他……他好……好像快……快死了。」我發抖著。七寶哥比我高大，比所有的便當鼠都高大，每次覓食，他找回來的食物也比大家多一倍。大家都不敢得罪他。

「吱哼！」七寶哥冷冷的笑：「這來路不明的東西，如果有傳染病，你也活不了！吱哩咕！還不懂覓食，就想教我怎麼做嗎？」

「不是……不是……只是……」我支支吾吾，什麼也說不好，眼淚掉下來。

「吱哩蛋！只知道哭！」七寶哥走到我面前，伸出兩隻前腳，朝我撲來。

本來站在我身後的四寶哥，跳出來擋在我面前：「他還小。吱嗝。」全身都是酒氣的四寶哥，用尾巴拍拍我的頭，我抬頭看著他圓圓的背影，心裡充滿感激。

「吱喔？老四你也想挑戰我嗎？」

「吵什麼?!」是阿母！阿母的毛髮是灰色的，但在月亮的照耀下，比往常更有光澤。一姊向阿母報告剛剛的事，阿母走到那團白毛球旁，嗅了嗅，伸出濕潤長舌，舔了他。這是我們鼠族表達友善的動作。阿母接著望向七寶哥說：「把他抬回窩裡。」

「要抬到哪裡？沒有其他的窩了。」七寶哥狠狠瞪著白毛球。看來七寶哥非常不歡迎這隻陌生鼠。

「你的，先借給他用吧。你去跟四寶一起住。」阿母說，她的語氣有不容反駁的魄力。

「可是……」七寶哥看著阿母，想要辯解什麼，但阿母的眼神忽然變得像刀尖一樣銳利，七寶哥也只好點頭照辦。

阿母很信賴七寶哥的能力，大家也把七寶哥當阿母的接班人。現在，因為一個外來者，七寶哥得讓出自己的窩，他不甘心，到處散布流言，說「白毛」身上有病，會把我們也變成白色。大家因此很害怕，不太敢接近白毛。

只有阿母不怕，每天用舌頭舔他身上的傷口，讓打結的毛變得滑順，也讓傷口變乾淨。過了好幾個晚上，白毛的傷口癒合了，上面的毛髮也重新長了出來。阿母說，白毛懂得人類的文字。雖然很奇怪，但卻是鼠族中的第一隻，說不定能對我們圖書館老鼠有一些幫助。

每天晚上，白毛跟著哥哥姊姊一塊出洞。大家以為他去覓食，但每次回來他依舊滿嘴空空。到底，他從哪裡來？又跑去哪裡呢？我常到他的窩外面，想知道他在幹嘛，卻從來不敢進去。有天，我像往常一樣，假裝要去阿母的窩，卻躲在他的窩外偷看。

「小東西，進來呀！」他的聲音像蘋果一樣清脆。

吱！我探頭看一眼，又縮回去。

「吱唔！我記得你。別怕，進來吧！」

我低著頭，慢慢走進去。

「你常來這附近啊？」

「吱！我……我沒有。」七寶哥叫我「吱哩蛋」不是沒原因的，我每次一緊張，就變得結結巴巴。

白毛的便當盒裡不是撕碎的紙屑，也不是枯葉，而是一塊摺得整整齊齊的白布。後來，他告訴我，那塊布是他偷來的「床」。最讓我感到驚奇的，是他窩裡的牆，貼著好多碎紙，每張紙上都有奇怪的黑色線條，像好多蜘蛛爬滿牆。我嚇得倒退兩步。難道他是巫師？聽說，好久好久以前，有老鼠為了得到神奇的力量，吃蜘蛛喝蛇血，變成巫師。能夠輕易把敵人變成小昆蟲，一口吃掉。想到這裡，我忍不住發抖。

「你叫什麼名字？」他笑著問。我覺得他的笑容不單純。

「我……為……什麼要……告訴……你？」傳說裡，巫師只要知道你的名字，就可以把你變成各種東西。除非，你也能知道他的名字。

「吱！你怕我啊？」他又笑了。

「吱哼。我……我才不怕！」我告訴自己，不可以軟弱，這可是我們便當鼠的地盤啊，我大聲說道：「要知道我的名字，你要先告訴我，你……的名字。」

「吱唔。吉姆。」出乎我意料，他很乾脆的說出來。

「吉姆。」我試著念這怪名字。我們的名字都是數字，他的不是。外面老鼠的名字都這麼奇怪嗎？吱！我想，一定是他喜歡發出「吱唔吱唔」的聲音，「吱唔」和「吉姆」聽起來差不多。

「現在，你可以告訴我你的名字了吧？吱！」吉姆把臉靠近我。

「十六。」我說。

「吱唔。十六，你為什麼老是站在『門』外看我呢？」

「門？」我看了看他的窩口邊的那片木板。整個家族，只有他的窩有這片木板。他點了點頭。「我……只是……只是想知道……晚上……你去哪裡？」我低著頭，有點害怕，也有點不好意思，斷斷續續把話說完。

「吱唔，原來你是好奇啊！有好奇心是很棒的喔。對了！你要不要跟我一起去看看？」有好奇心是很棒的？我從來沒有聽過這種說法。鼠諺說：「哩哩嚕咕嘰咿咕吱。」（好奇心殺死一隻鼠）阿母也提醒我們，不要因為好奇就隨便跑到人類的世界去。我們去那裡，一定要有計畫，為的就是人類的食物，沒有別的。而這是我第一次因為好奇心受到稱讚，不由得有些開心。

見到我似乎被他說的事情吸引，吉姆瞇起眼打量我，說：「不過，我有條件。」

「什麼條件？吱吱。」我翹起尾巴，想知道到底是什麼條件？

「這件事是我們的祕密，絕對不能說出去。咔嘘。」他神祕兮兮的說。

「咔嘘！」我答應了他。那天，我怎樣也睡不著，因為我有了祕密。我跟其他兄弟姊妹不一樣，我是有祕密的老鼠。咔嘘！

出發前，我得先去阿母那裡向她報備。我還不到覓食的年紀，不能隨便出洞。我經過吉姆叔叔的「門」前，來到阿母的窩外面，我的心越跳越快。「還是算了吧！要是阿母生氣怎麼辦？」「難道你不想看看嗎？」我心裡的小白鼠和小黑鼠正在吵架。吱！為了可以出去，我豁出去了！深吸一口氣，走進阿母的窩。

阿母躺在窩裡，弟弟妹妹圍著她吸奶。阿母聽見我的聲音，耳朵動了動，沒有睜開眼，看起來有點累。

「阿母，」我說：「我想跟哥哥姊姊……去覓食。」我第一次說謊，一切都是為了吉姆叔叔和我的「祕密」。

阿母緩緩睜開眼，慵懶的說：「你還小……」眼看阿母就要拒絕批准我外出的機會，我立刻用唯一的右眼，透露哀求的訊息，拜託阿母：「吱吱！拜託！我只在通道看看就好。」

「好吧！別跑遠了。跟緊哥哥姊姊啊。」阿母閉上眼睛不再開口。我一步一跳興奮的離開阿母的窩。其他跟我同一個時間出生的鼠孩，早就都成為外出覓食的見習生，唯獨我，因為只有一隻眼睛看得見，阿母總是不太願意讓我隨便出去。這一次，我終於可以到外面去了。

隔天晚上，我跟著哥哥姊姊一起出洞，不知道是不是因為帶上了我，他們顯得比平常都要緊張，不時左右張望。我聽話的緊緊跟在一姊後面，怕不小心跟丟了，就永遠回不了家。

我走在斜坡道上，忽然一個黑影竄出，我嚇得跌坐在地上，才發現是蜘蛛大娘，從那一側盪過來。我好不容易安下心來，卻發現一姊不見了。我顫抖著，不知該怎麼辦，有東西打在我屁股上，我跳了起來。一轉身，原來是吉姆叔叔。

「吱唔，往這走。」吉姆叔叔用尾巴指著一條管線，上面佈滿蜘蛛絲。吉姆叔叔撥開蜘蛛絲，要我跟上。他身上有一股藥水味，在黑暗的管線裡，我跟著那股藥味往前走。有的地方很窄，只能勉強貼著壁面爬；有的地方很寬，我直立行走也沒問題。好不容易走到管線盡頭。出現一條細縫，吉姆叔叔勉強擠下去，碰！底下傳來震動的聲音。

「吱唔，下來。」吉姆叔叔說。我往下一看，發現高度不高，就跳了下去。地面傾斜，我滑了一跤，屁股沾滿灰塵。記得七寶哥說過一個叫「天花板」的地方，就是這樣斜斜的。他還說：「人類的『天』，是我們的『地』。人類在我們腳下！吱哼！」

「吱唔！這裡是『斜坡區』，下面是辦公室。等一下我們會到

『緩坡區』。」我點頭，跟著吉姆叔叔往前走。經過緩坡區時，我從木板接縫處，看見「下面」的世界，有好幾個高大的櫃子，整整齊齊排著隊。一條更大的裂縫出現，吉姆叔叔跳了下去。

「跳，咔啾。」吉姆叔叔喊。我正準備跳下去，探頭一看，發現有二十隻老鼠高，我不曾在這麼高的地方跳下去。我看著下面的吉姆叔叔，不敢往前。

「沒事的，跳下來，咔啾、咔啾。」吉姆叔叔叫著。要是被七寶哥知道，我連這個高度都不敢跳，他一定又會笑我是「吱哩蛋」。

吱！我閉上眼睛，跳了下去。

啪，落地，滾了兩圈。吱！還好沒想像可怕。我睜開眼，看著眼前的世界。

過這麼久，我還是忘不了。那是我第一次看見外面的世界，和我的兄弟姊妹們不同，我看見的不是滿滿的食物，而是一個個彩色磚頭，巨大又堅硬。它們被整齊排列在架子上，味道有點像乾硬的吐司麵包，外面硬硬脆脆的，咬起來有不同滋味。就在我被吐司香味包圍時，吉姆叔叔停下來，對我說：「吱唔，這些東西叫做書。」

「書。」我重複一遍它們的名字，好像嘴裡正咬著剛烤好的酥脆吐司。

「書，會開啟另一個空間，帶你進入不同的世界。」吉姆叔叔說話總是很難懂，難怪哥哥姊姊不喜歡跟他說話。

「世界有東西吃嗎？」我問。

「吱唔，問得好！」吉姆叔叔揚起尾巴，在空中畫了一個圈，說：「世界呢，是人類創造的詞，可以說是存在的空間，也可以說是

不存在的空間。有東西，也沒有東西。」

吉姆叔叔越說我越糊塗，我歪頭看他。吉姆叔叔笑著說：「對你來說，現在的世界就是這座圖書館，但是，過不了多久，你的世界會因為這些書改變。」

「這座圖書館是，我的世界？」我重複吉姆叔叔的話，有點懂，又不是太懂。

「吱唔，你看。」吉姆叔叔跳到一個展櫃前，裡頭有一本打開的書，上面爬滿歪七扭八的蜘蛛，跟他窩裡牆上貼的紙片一樣。吉姆叔叔說，它們是「文字」。人類就是透過文字，記錄故事，傳遞知識。

「吉姆叔叔，你看得懂文字嗎？吱吱。」

「吱唔，當然，讓我讀一段給你聽。」原來！那些像蜘蛛一樣的東西，可以「讀」。吉姆叔叔就著落地窗透進來的月光，念著那些奇怪的符號，他讀得很慢，讓我可以清楚聽見每一個字，他的聲音有時高有時低，就像在唱歌：

誰在六月長出四瓣的幸運草？
誰把日光弄暗？誰把月亮點著？
是四隻住在天上的小田鼠，
四隻小田鼠，就像你和我。
春田鼠把陣雨擰開，
夏田鼠把花兒畫好，
秋田鼠帶來小麥和核桃，
冬田鼠，有著一雙小冰腳。
我們多幸運，一年有四季，不多也不少！

吉姆叔叔的聲音讓我覺得自己來到了另一個世界，成為另一隻老鼠。我看見春天的細雨落在泥土裡，花兒慢慢伸展葉子，我的嘴裡塞滿了麥穗和果實，正當我開始咀嚼時，雪花一片一片飄下，覆蓋眼前的書架和走道，叫我發抖。

「十六，你是一個詩人哪！」吉姆叔叔念完最後一句。我害羞的用尾巴輕輕敲打書架。我知道，他把這本《田鼠阿佛》中主角的阿佛換成我的名字。當其他田鼠都在蒐集麥子、稻草和玉米時，阿佛蒐集的是陽光、顏色和字。就像吉姆叔叔，和我。

從那天開始，吉姆叔叔常帶著我認識人類的文字。

吉姆叔叔說，我是老鼠界中天生的閱讀者。因為一般的老鼠有兩隻眼睛，得花上很多時間，訓練如何把視線聚焦在每個字上。一般的老鼠可以一眼往下，一眼往上，一次看兩個地方。但是，這種方式不適合用來閱讀文字。吉姆叔叔說，他至少花了一個春天的時間，好不容易讓兩隻眼睛可以聚焦在一個字上。而我完全不需要，我只有一隻眼睛，我可以自由操控它看上看下看左看右。我從來沒有想過，一隻眼睛也會有一隻眼睛的好處。

從此以後的每一天，我都抱著新蒐集的字睡著。我會把學會的字用樹枝寫在樹葉上，再拿回窩裡複習。每天睡覺時都期待隔天，可以聽吉姆叔叔講新的故事。

在這麼多的書裡頭，我最喜歡的是《字典》。每一個字都有它的出處和典故，也有自己獨特的意思，我總是能放在嘴裡咀嚼好久。只是，《字典》通常又厚又重，拿出它的時候要特別小心，我們通常會把「書」合力推出書架，讓書掉落到地面上，再一起跳到地面上翻讀書頁。這種事情也只能在沒有人類的晚上做，不能被人類發現。因此，我們一天最多只能讀一到兩本書，不然，圖書館人如果發現地面掉落太多書，一定會發現我們。

某個晚上，七寶哥擋住我的去路，他的毛黑得發亮，翹起長尾巴。「十六，我勸你不要跟那來路不明的『老頭』混在一起。吱！」七寶哥露出長長的前牙，發出恐嚇般的吱吱聲。

「吉姆叔叔不壞，他只是教我蒐集字。吱吱，你知道字嗎？是人類最偉大的發明……」我的聲音越說越小，小到只有自己聽得見。

「什麼字？能吃嗎？」七寶哥的聲音越拉越高，尾巴因為激動揚起。「吱哩咖！你少跟他鬼混。天生只有一隻眼睛已經很麻煩了，再不好好跟著我學覓食，難道你要永遠只當個吱哩咕嗎？」我一聲吱的餘地也沒有。七寶哥說得沒錯，我也快到覓食的年紀，卻連一點覓食的技巧都還沒學會。況且，況且我只有一隻眼睛。

我的心情差到極點，但還是依照約定去了吉姆叔叔的窩。吉姆叔叔用尾巴拍拍我，問：「怎麼啦？咔啾。」

我刻意看著書架上的書，不看吉姆叔叔的眼睛，小聲說：「吱！七寶哥說，文字一點用都沒有。」而且我只有一隻眼睛。最後這句話我沒有說出口。

「吱唔。」吉姆叔叔一副無所謂的樣子。

「他還說，你來路不明。吱！」不知為何，我對吉姆叔叔生起氣來。

「吱唔，真像他的口氣呀！」吉姆叔叔竟然還笑。

「吱！我就要去學覓食。以後，」我說：「我以後不能跟你讀書了！」

「這樣啊，我明白了。」吉姆叔叔看向旁邊的書籍展示櫃說：

「吱唔，你也認得不少字，試著讀讀這本書。」

「我？」之前都是吉姆叔叔讀給我聽，我不曾自己讀一本書。

「吱……我……還沒準備好。」

「不需要準備，吱唔，一個字一個字慢慢讀，不知道的就跳過去。」吉姆叔叔用尾巴拍自己的背，要我爬上去。

展示櫃裡的書站在書櫃上，比我的身體還要巨大，我得站在吉姆叔叔的背上，才能看見最上面一排的字。我猶豫一會兒，爬了上去，站在吉姆叔叔的背上，試著讀：「所有……動……物……一律平……等……」沒錯，我讀得很糟，支支吾吾，明明認識的字，還是念不出來。我看著吉姆叔叔，希望他可以救我。但吉姆叔叔不理我，只盯著書。我只好深吸一口氣繼續讀：「但……有些動物……比其他……

動物……更加平等。」好不容易讀完這兩句話，我停下來，閉起眼睛，深吸一口氣，接著讀：「連豬都能……走路了，天底下就……再也……沒什麼新鮮……事了。」讀到這一句，覺得有趣，再往下讀，不知不覺把整頁讀完。

「動物之間平等嗎？吱。」我抬頭看著吉姆叔叔問。

「這個答案，你要自己找。」吉姆叔叔看著我說。在月光下，他的眼睛像星星一樣。「吱唔，明天早上，我帶你去見一個人。」

「白天？吱！」除了像七寶哥技藝高超的大鼠，阿母從不讓我們在白天出去。

「吱唔，不會讓你被發現的。」吉姆叔叔吱吱笑。

吱！到底是什麼「人」？我想了一整晚。因為，他說的是「人」，不是「人類」。

3

白色藏書家

我懷著緊張的心情，終於熬到天亮，聽見地板傳來震動聲，哥哥姊姊正踏著步，高唱「豐收歌」：

吱蹦吱蹦吱蹦蹦
滿嘴食物作好夢
吱蹦吱蹦吱蹦蹦
儲存食物好過冬

這首「豐收歌」流傳久遠，每回覓食都可能遇到危險，只要平安度過，帶著食物回家，大家就會唱這首歌。如果有兄弟姊妹遭遇不幸，或者帶回的食物很少，大家就會唱「餓肚歌」。看來今天的收穫很不錯呢，吱！

他們唱了三、四遍，才停下來，各自回到窩裡休息。我輕輕移開十七在我肚子上的腳，再跨過熟睡的十五，來到洞口，吉姆叔叔已經在那等我。

他帶著我緩慢移動到達緩坡區。我從缺口處跳下去。這個高度，我早已習慣，只是沒睡好，距離拿不準，滾了兩三圈，才停下來。我還是有點擔心在白天行動，連武功高超的七寶哥也不曾在白天出沒。但是，我還是選擇相信吉姆叔叔。

吉姆叔叔高舉尾巴，耳朵動了兩下。我跟著吉姆叔叔站在書架頂端，往牆邊走去，輕輕走，不說話，人類就不會發現我們。咔嘘。走到書櫃邊緣，吉姆叔叔蹲坐下來，用前腳指著靠牆的一個人類說：「吱唔，十六，就是她。」吉姆叔叔說得很慢，聲音很輕，像怕打擾到「她」。

「她」戴口罩，縮在牆角，手裡抱四、五本書。這不是我第一次見到「人類」，但不是看一眼就逃，就是書封上的人物照。這是我第一次清楚看見「人」的樣子。她的腿很長，屈膝坐在地面上，雙手牢牢擁著懷裡的書，就像懷裡抱的是什麼好吃的食物。她跟其他的人類差不多，只是全身都是白的。白色的頭髮，白色的眉毛，白色的皮膚，穿著白色夾克、白長褲和一雙白鞋，露出一節小腿，也是白色的。吱，就跟吉姆叔叔一樣白。吉姆叔叔專心看著那個白女人，好像整個世界只有她一個人那樣的專心。

「她是我的主人。」過了不知道多久，吉姆叔叔才開口：「我一出生，第一次張開眼睛，看見的就是她。」

我看著那個和別的人類長得不一樣的白女人，又看了看跟我們不一樣的吉姆叔叔。我們都跟大家不一樣。我可以感覺到，吉姆叔叔非

常喜歡他的主人，那麼為什麼吉姆叔叔會離開她，渾身是傷地倒在館中樹下呢？

正當我想開口問他時，書櫃另一側突然傳來吱吱喳喳的聲音。一個穿著深藍色吊帶圍裙的圖書館人，對著掛在耳朵旁的黑色傳聲筒，小聲說：「呼叫櫃台，小白出現。呼叫櫃台，小白出現。」小白，說的是白女人嗎？

白女人似乎聽見圖書館人的聲音，抱著書快步跑向旋轉梯，消失在眼前。吉姆叔叔的尾巴垂了下來，轉頭說：「走吧，十六。」我爬上他的肩膀，躍進通風口，再把一條被我們咬斷的電線丟給吉姆叔叔，等吉姆叔叔也爬上來，我們一前一後走往斜坡區。到了人類看不見的地方後，我鼓起勇氣開口問走在前面的吉姆叔叔：「她……叫『小白』？吱吱？」

「吱唔！不！她有自己的名字。」吉姆叔叔停下腳步，用尾巴指了指地面，要我坐下來。他自己也坐下來，背對著我，自顧自說起「小白」的故事，吱唔，是「佩琪」的故事。

「十六，我不知道你相不相信，很多像我這樣全白的老鼠，來到世界上，是為了給人類注射、解剖、做實驗。大家被關在小小的籠子裡，幾十隻、幾百隻，包括我。有多少白鼠進來這籠子，就有多少白鼠被帶走，不再回來。我，就在那個他們稱做『實驗室』的地方出生。我出生後，第一眼看見的不是我阿母，而是她。她的名字叫佩琪。吱唔，佩琪，多好聽的名字。佩琪在實驗室『工作』。這個實驗室的『工作』是想辦法，把我的白變成黑。」

「什麼是『工作』？」我打斷吉姆叔叔。

「吱唔！『工作』就像『任務』，像七寶的『工作』是覓食，你阿母的『工作』是生鼠寶寶。」

「吱唔。」我應聲。

「佩琪餵我們吃飼料，把透明液體注射到我們背上。這是她的『工作』。每次她『工作』，都會戴上塑膠手套，她的手握住我的身體，我和其他老鼠不一樣，我沒有叫，只是看著她的眼睛。我看著她時，可以感覺到她的手在發抖。有天，她抓起我，沒有為我注射，也沒有把我放回籠子裡。她把我放進她的背包，把我帶走。她走了很長的路，打開很多扇門。她手捧著我，告訴我，這是你的新家。」

「吱唔！那是好久以前的事了！」吉姆叔叔嘆了口氣：「那是一個白色房間，她把我放進一個白籠裡。我走進去，裡頭沒有其他鼠，不用擠來擠去。前面有一個圓形輪子，我跳上去，不停跑。我聽見她在笑。這是我第一次聽見她笑，所以我跑得更賣力，為了讓她笑。比起實驗室，那裡真的好多了。她出門前會把飼料放進一個塑膠盒裡，在水壺裝滿水。我無聊就跑步或睡覺，等天黑，等她回來。一聽見開門聲，我就跳上輪子，努力跑。每天晚上，她對我說話，說今天發生的事，說她小時候的事。一出生就是白色的事。」

「和你一樣的白嗎？」我問。

「吱唔，和我一樣。」吉姆叔叔說：「她的阿爸不能接受自己的女兒長得跟其他人不一樣，在她國小那年，離開她和阿母。她覺得，阿爸離開阿母全是她的錯。她阿母說，阿爸在圖書館工作，她就常去圖書館，想見阿爸一面。她沒有朋友，唯一的朋友就是書。她很愛讀書，也很會讀書，一路念到研究所。畢業後到實驗室工作。一開始，她不覺得有什麼不對。漸漸的，她不喜歡自己的工作。因為，她覺得自己對我們做的事，就像她阿爸對她做的一樣，要把白變成黑，把『不正常』變成『正常』。我看得出來，她很痛苦。她待在房間的時間越來越長，有時看書，有時唸書給我聽。我會認字，也是她教我的緣故。可惜，我聽得懂她說的話，她卻聽不懂我說的。」把不正常變成正常，我咀嚼著吉姆叔叔的話。我想我能理解佩琪的心情，因為我也曾經想過無數次，如果我有兩隻眼睛就好了，不識字也沒有關係。

「有一天，她合上手裡的《哈克歷險記》，問我：『9527，你想不想有自己的名字？』這個數字用一種叫晶片的東西，放進我的身體。我不知道自己能不能擁有名字？我看著她，她對我笑，眨眨眼說：『今天開始，你叫吉姆。好嗎？』我沒有點頭，也沒有搖頭，在心裡默念佩琪給我的名字。」說到這裡，吉姆叔叔停下來，嘆口氣，像想起什麼事。我等得不耐煩，搖著尾巴問：「後來呢？你們怎麼了？為什麼你會到這裡來？」

「吱唔，十六，有一天，我會回到她身邊。」吉姆叔叔沒有直接解答我的疑問，而是揚起尾巴說著佩琪的事：「不知道什麼時候開始？佩琪不再讀書給我聽，整天躺在床上，動也不動。她阿母很擔心，定時端飯菜到房間裡，鼓勵她多出門走走。她阿母不知道，她端來的，很多都被我吃掉。結果，我越來越胖，佩琪越來越瘦。吱唔。」

吉姆叔叔說到這裡閉上眼睛，過一段時間，才又開口：「有天晚上，佩琪的手機一直響。她坐起來大喊：『哪間醫院？』說完，拿起手機，衝出房門。我不知道發生什麼事，只知道佩琪的阿母再也沒有送飯進來，我也沒再見過她。佩琪不再把我關在籠子裡，不再餵東西給我吃，不再唸書給我聽。她忘了我。白天，她背起背包出門，晚上，帶著便當回來。我想知道她去了哪裡，所以偷偷躲進她的背包。」

吉姆叔叔睜開眼，望著眼前的黑暗說：「我從拉鍊縫隙看出去，到處都是書。我猜，這裡一定就是圖書館。我看見，佩琪把書從書架上抽出來，抱在手裡，然後藏到其他地方。書櫃底下、影印機後面，或是茶水間的櫃子裡。穿圍裙的圖書館人生氣罵她：『小姐，請你不要把書帶到其他地方。這是小偷的行為！』佩琪很生氣，邊流淚邊說：『你們不懂，這些書非常重要，需要好好保護！』整整一星期，我跟著佩琪，佩琪都沒有發現我。我偷偷溜出來。只有離開，她才會想起我。我相信，有這麼一天。等到那一天，我會回到她身邊。」

我以為吉姆叔叔會一直等下去，但是，就在看見佩琪的隔天，吉姆叔叔消失了。

「消失」在人類的《字典》裡的解釋是「不見、不復存在」的意思。相似詞是「消逝」，相反詞是「浮現、出現、存在」。吉姆叔叔被消失，也就是說，他不在了。

吉姆叔叔帶我去一個小房間，那裡堆滿書，每本書都好小，小到我用前腳，就可以舉起。吉姆叔叔告訴我一個故事，關於老鼠和人類一起冒險的故事，卻在緊要關頭閉緊嘴巴。「然後呢？吱？」我不停問，吉姆叔叔還是不開口。

「十六，十六，你醒醒！」

「吱唔？」我揉揉眼睛，原來剛剛是個夢。

「出大事了，吱嗝，」四寶哥說：「吉姆被人類發現了！」

「吱?!」我跳起來，想去找吉姆叔叔，卻被四寶哥抓住尾巴。

「你聽我說，有老鼠看見吉姆叔叔在推一本書，把書從書架推到地上……」

「吱吱，在哪裡？」

「聽說在緩坡區下面，吱……」

四寶哥還沒說完，我就衝出去，一路跑向斜坡區，衝進緩坡區，跳下書架。外頭靜悄悄的，沒有吵鬧的聲音，只有細細小小的啜泣聲。一身白的佩琪縮在牆角，手裡緊抱著一本書。

我沿著書櫃邊緣，一層層跳下去，剛降落地面，就聽見腳步聲，我只好快步往通風口跑去。那一瞬間，我的右眼看見，那本書的第一個字「哈」。吱！我知道了！是《哈克歷險記》。吉姆叔叔一定是想藉這件事，讓佩琪看見他。

回到窩裡，我恰好撞見七寶哥在阿母面前，吱吱報告吉姆叔叔的事：「他回不來了！」我聽得清清楚楚。

「吱唔！」我大叫：「吉姆叔叔會回來的！」

阿母來來回回走，什麼話也沒說。我要去別的地方找吉姆叔叔，阿母大聲喊我：「十六，不要再找他了。」

「吱咿！」我垂著頭，離開巢穴。我不相信吉姆叔叔就這樣消失了。也許，他在哪裡等著我，像從前一樣。

吉姆叔叔最常帶我讀「8」開頭的書，小說、詩歌都是這類。另一組「4」開頭的書櫃，也是我們常去的地方。特別是剛開始「讀」書的時候，吉姆叔叔常帶我去「4」號櫃，那裡最靠近迴旋梯，在迴旋梯和書櫃之間，有一塊三角形的空地，那裡對人類來說太矮了，很少有人類會過去。「4」開頭的書，特別是「427」全跟吃的有關，世界上所有好吃的食物，都在這裡。白醬奶油國王雞、牛蒡卡布奇諾蔬菜湯、脆皮雞腿佐香橙醬汁……每道菜的名字都是一句詩。看沒幾頁，肚子就咕嚕咕嚕叫。說不定吉姆叔叔會去那裡！

我沿迴旋梯把手下方，慢慢往下滑行。我看到很多人類的腳，有的上來，有的下去，還好都沒發現我。到了三角地，我迅速往下跳，躲進陰影裡。東嗅嗅、西聞聞，有股熟悉的味道，我朝味道的方向跑去。只見一顆小小的餅乾屑落在地毯上。我伸出舌頭舔了舔。

吱！我想起來了！那天，我拜託吉姆叔叔陪我去「427」。我選了一本點心食譜，軟嫩嫩的提拉米蘇、焦糖乳酪塔、蘋果派、藍莓脆餅，它們圍著我轉圈圈。我伸出舌頭，想舔舔圖片上的美味食物。吉姆叔叔敲敲我的頭，打開右前腳，裡面竟然有一小塊餅乾。我把它想像成提拉米蘇，一口吞了它。

這顆餅乾屑可能就是那天掉下來的。我貼著地毯，仔仔細細聞，沒有吉姆叔叔的氣味。他不在這裡。我回到天花板。嘩！一個黑影盪過來，嚇得我跌坐在地上。八隻細長的雙腳，天下無敵的輕功，是蜘蛛婆婆。

「蜘蛛婆婆，你幹嘛嚇人，吱嗚！」我嗚嗚哭起來。

「鼠仔，找東西啊？」蜘蛛婆婆牢牢抓著她的蜘蛛網，笑著說。她笑起來像戴著面具的巫婆。

「婆婆猜猜，喔，是找白鼠仔嗎？」蜘蛛婆婆拉著一條蜘蛛絲，倒掛在我面前。整個圖書館只有吉姆叔叔是白色的。

我吱叫一聲問：「你……你怎麼知道？」

「呵呵呵……整個圖書館，沒有我不知道的事！」蜘蛛婆婆發出尖尖的聲音，我捣起耳朵。

「我八隻眼睛全看見了。我看見一隻長得跟我一樣黑、速度飛快的鼠仔，揍了那隻白鼠仔一拳，白鼠仔就掉下來……」蜘蛛婆婆用八隻腳比劃著。還沒等到她說完，我立刻往窩裡跑去。這裡最黑、跑得最快的，是七寶哥。七寶哥一直討厭吉姆叔叔。難道是七寶哥……把吉姆叔叔……推下書架！

我跑去吉姆叔叔的窩，撞見七寶哥在吉姆叔叔的床前。

「你做了什麼好事！」我憤怒的全身顫抖。

「我不懂你在說什麼！但是，現在他既然已經不在了，這裡可以還給我了吧？」七寶哥眼裡佈滿血絲。

「你，你，怎麼可以把吉姆叔叔推下去！」我衝了過去，往他尾巴咬一口，他伸出利爪，把我撲倒在地上，朝我臉上揮一拳。吱嗚，好痛，我聞到血的味道。七寶哥的眼睛更紅了。我努力想掙脫，卻掙脫不開。七寶哥實在太強壯了。

「是他自己跳下去的！」七寶哥說：「怎麼可以怪我？」

「你騙人！蜘蛛婆婆說，她親眼看到，吱嗚。」我的眼淚又開始不停的掉。

「七寶，」一陣低沉的聲音傳來，阿母站在門外說：「真的是你嗎？」

七寶哥狠狠瞪我一眼，推開阿母，頭也不回的往外面跑去。

4 計程車男孩

吉姆叔叔不見了。

七寶哥也不見了。

鼠窩裡、緩坡區、斜坡區，他們的氣味一點一滴慢慢消失了。就像從來不曾存在過一樣。

每當我想起吉姆叔叔，就會想起那本書。但是，連那本書也消失了。我找了很久，不知道佩琪把它藏到哪裡去，影印機後面沒有，書櫃底下沒有，主題書區也沒有。每層樓我都找遍，只剩地下一樓繪本書區。那是地下鼠的地盤，我們很少去那。但為了找吉姆叔叔，我決定下去一趟。

我跳上電梯頂端，直達地下室。從地下室的天花板看到好多人類小孩，跑來跑去，有的蹲坐在書架旁，有的趴在地上看書。這裡的書櫃和樓上的不一樣，它們模仿樹的樣子，書櫃像樹枝一樣彎彎曲曲。

我恰好可以躲在書櫃後面。

我找很久，什麼也沒有找到，就在我打算放棄時，發現一個沒去過的角落。它長得像樹洞，比地面高。我爬進去，發現樹洞內側還有個洞，連著外面的書牆。我立刻跳上去，一本破舊的《哈克歷險記》就在書架上。

書架前後距離很長，我興奮的把這本書往後推，躲在書架後，「啃」起書來。這本書說的是男孩哈克和黑奴吉姆的冒險故事。就在我讀到哈克為了躲避酒鬼阿爸，裝死逃跑的緊張時刻，我身邊出現一雙眼睛，正確來說是一雙黑白分明的小孩眼睛，打量著我。都怪我啃得太認真，居然沒發現人類靠近！吱！我不知道要裝死，還是逃跑，愣在原地，一動也不敢動。

小男孩瞪大眼睛，張開嘴。我以為他要大叫，立刻伸出前腳，放在嘴巴前說：「咔噓。」他的眼睛睜得更大了，問：「你會看書？」我看了看屁股下的書，點點頭。

「酷耶！」他說：「這什麼書？」

他伸出白白長長的巨手，我跳到一邊，只見他合上書，看著封面，一個字一個字念：「哈、克、歷、險、記，哇嗚！冒險耶，好看嗎？」

「吱！」我點頭。

「天啊，超酷的！我遇到會讀書的老鼠！」他指著自己說：「我叫小傑，今年九歲。這裡是我新發現的祕密基地。」

吱唔！這明明是我先發現的！但是，理智告訴我，千萬不要跟人類搶地盤，就算是個還沒長大的人類。鼠諺說得

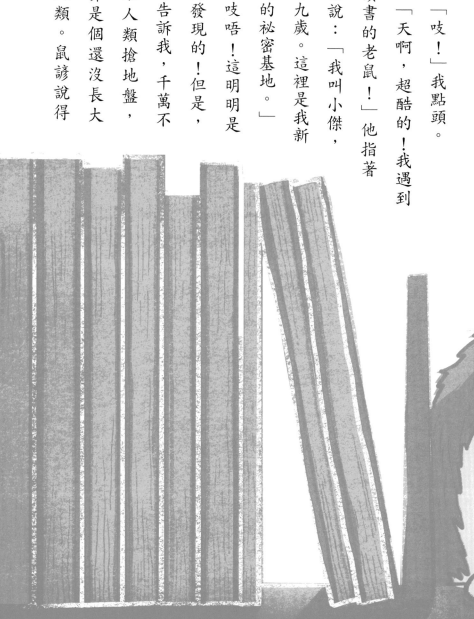

好：「吱咕吱，唔咕咕。」（鼠咬鼠，不咬人。）

「你叫什麼名字啊？」小傑問。

「十六。」我說。

「吱吱？」小傑說。

「吱唔！是十六。」我努力發出人類的語言，但小傑卻用不同音調重複「吱吱」。我這才想到，我們聽得懂人類的話，但人類不懂我們的。我想了一下，翻開書頁，5、10、14、16，我用前腳指著書上第「16」頁。

「16，你叫十六？好好笑喔，怎麼用數字當名字？」小傑大笑。

「吱吱！」我有點不高興，數字有什麼不好？好記又好念，阿母永遠記得我是她第十六個孩子。不過，至少小傑看起來不是壞人，他看見我，沒有大聲叫，也沒有打我。我繼續找著書上的字，一個字一個字指著：「你、怎、麼、發、現、這、裡？」

「我每天在圖書館，居然沒發現這裡！」

「每、天？」我指著這兩個字。

「對呀，放學後，還有像現在放假。我媽在大陸，超遠的，要坐飛機才能到。我爸要工作，他是計程車司機。我吃完超飽的早餐，我爸就載我到圖書館。我這袋子是百寶袋，裡面有手機和零錢，還有一台計程車模型。」小傑指著他背在胸前的一個小包包說：「你知道什麼是計程車嗎？」

我搖搖頭。

他拉開百寶袋，掏出一輛小汽車。整台都是黃色的，有四顆圓圓的輪子。平常我從落地窗往下看，看到的都是車子的頭頂，沒機會這樣完整的看一輛車。我忍不住伸出前腳，摸摸那顆圓圓的輪胎。

「酷吧！我爸開的車就跟這台一模一樣，黃色的頭油塔。」小傑嘴角上揚，很得意的樣子。

頭油油的塔？多奇怪的名字！

雖然小傑聽不懂我說的話，但我只要指一兩個字，他就可以知道我的意思。我指指自己，再看向小傑。

「喔！你問，我怎麼發現你的？」我吱了一聲，他繼續說：「我剛剛想找地方睡個覺，才覺得運氣真好，找到一個這麼適合睡覺的地方，就聽到書架後面有奇怪的聲音。我本來還以為是下雨，又覺得不像。我往裡面看，看到一團黑黑、毛毛的東西，喔，拍謝，我嚇一大跳。本來想大叫，但你站在書上，好像在看書。一隻老鼠怎麼可能會看書？希望我沒有嚇到你。」小傑抓了抓頭，傻傻笑著，露出一排被蛀蟲吃得黑黑的牙齒。「欸，十六，你可以陪我看這本書嗎？」

我點點頭。小傑讓我爬進他的百寶袋，我只露出頭，一人一鼠，一起看書。小傑看書的速度比我快，翻書前，會問我：「看完了嗎？」如果我吱一聲，他就翻下一頁。對我來說，有個人類幫忙翻書真不賴！

我們從白天讀到晚上，直到小傑的手機響起，爸爸來接他。整整一星期，終於讀到最後，吉姆被白人發現，還被關起來。我的毛全豎起來。我想起吉姆叔叔。

接下來這段，我看了好多遍。

「好吧！那麼，我們用什麼來做墨水呢？」

「很多人是用鐵鏽和眼淚做的。但那是普通人和女人家的辦法，那些赫赫有名的人物用的是他們自己的血。這是吉姆可以做到的，當他想向世人揭發他被監禁的神祕訊息時，就可以用叉子刺向白鐵盤的背後，然後把盤子扔出窗外。」

「十六，你怎麼了？」小傑問。

我回過神來，發現自己的眼睛濕濕的。

「想起什麼了嗎？有的書會讓我想起我媽，我也會跟你一樣，看好多遍。」

這一段是吉姆叔叔貼在牆上的字。住在圖書館裡的他，應該是自由的，但他不是。他因為跟我們不一樣，被大家排擠。吉姆叔叔消失後，只有我在找他。我抬頭看小傑，覺得世界上除了吉姆叔叔，還有小傑懂我。即使，他聽不懂我說的話。

「翻頁囉？」

「吱！」

故事裡的吉姆最終逃出了牢籠。我相信，我的吉姆叔叔一定也是。

「你想不想去外面看看？」小傑合上書，問：「我們去冒險，好不好？」

我抬頭看著小傑的眼睛，閃閃的，像哈克。我點頭。

「耶！太棒了！」哈克，不，是小傑開心叫出聲。

小傑把手機關機，叫我把頭埋進百寶袋。他走路的時候，會用手摸摸包包，對我說話，像是「離開圖書館囉！」「我們穿過馬路了。」「你想吃什麼？」小傑邊走邊說話，我沒有辦法告訴他好或不好，只能抖動身體，告訴他我都聽見了。

我聞到一陣好香好香的味道，肚子咕嚕咕嚕叫。小傑把手伸進包包，翻來翻去，找到一顆圓圓扁扁的硬幣說：「只剩五十塊。」

「要點什麼？」一個甜甜的聲音傳來。

「我要點一加一，一份香雞堡，小可。」小傑回答他。熱呼呼的漢堡！以前只在書上看過的東西，現在居然有機會可以吃！吱，外面的世界真是太棒了！我應該早點出來的。等了好久好久，終於聽見小傑說：「好了，可以出來啦！」

吱！我探頭，這個地方有泥土的味道。讓我想起從前和吉姆叔叔讀過的《田鼠阿佛》，說不定阿佛就藏在附近的鼠洞裡。

「速食店那種地方，不會歡迎老鼠的。所以，我帶你到公園，開動吧！」

我從百寶袋裡跳出來，在裡面躲好久，有點「暈車」。小傑撕一塊漢堡肉，放到我面前說：「快吃！」我大口咬著漢堡肉，吱！超好吃的！比我想像中更好吃。正當我陶醉在漢堡的美味裡，一道尖銳的爪子朝我揮來。

吱咿！是我從來沒有聞過的味道。有著一雙尖耳，核桃般大眼的怪物朝我撲來，我在書上看過這東西，但他乖乖的趴在人類大腿上。

「臭貓咪，走開！」我聽見小傑的聲音，爬上他的肩膀。大貓還是不放過我，跳向小傑，往我撲來。我被迫跳下地面，拚命跑。

「啊！有老鼠！」我聽見人類的尖叫聲。穿拖鞋的腳、運動鞋的腳，還有赤裸裸的腳，那隻貓猛追我。我一直往前衝，出現一條水溝，想也沒想就跳下去。頭撞到地，一陣暈眩。

「哪來的鼠？吱咕咕。」

「聞起來像『上面』的老鼠。怎麼跑到我們地盤？」

「我看他全身是傷，大概好不了，不如把他吃了吧！」

「吃掉他，吱咕咕。」「吃吃吃，吱咕咕。」

我想睜開眼睛卻沒有力氣，只聽見好多聲音包圍著我。「吱唔！不要吃我！」我在心裡吶喊，卻發不出聲音。

「他這麼瘦，會好吃嗎？」忽然其中一隻老鼠說話，他的聲音似曾相識。但我的腦袋動不了，眼睛也睜不開。

「那你有什麼好建議？」

「不如把他帶到『倉庫』？做成乾糧。」

「好主意！」

「乾糧，吱吱咕。」「乾糧，乾糧，吱吱咕。」

「十六，快醒！」正當我覺得越來越冷，想著自己即將變成冷凍乾糧時，熟悉的聲音叫醒了我。我睜開眼睛，四寶哥的嘴正對著我的嘴。一股苦苦辣辣的東西，往我嘴裡流。

「吱唔！四寶哥，你在幹嘛？」我跳了起來，把嘴哩辣辣的東西吐掉。這是哪？四周全是銀白色，冷風呼呼吹。

「我幹嘛？怕你口渴，餵口酒給你，我每次喝完這東西，身體就暖呼呼的，吱嗝！」四寶哥說。

「這裡是哪裡？小傑呢？」

「什麼小傑？看清楚，這裡是地下鼠的倉庫啊！」四寶哥說。

「你怎麼會在這裡？」

「當然是有鼠跟我通風報信，我才能及時趕到這裡救你啊！之後有機會我再告訴你吧。」四寶哥一說完，就拖著我，快步逃離這座冰冷的倉庫。才走了一小段路，腳受傷的我已經走不動了。

「吱嗝！上來吧！」四寶哥蹲下來，要我爬上他的背。

「吱唔。」小時候，我最喜歡跟四寶哥玩，常爬到他背上。現在的我個子和四寶哥差不多，還要給他背，真丟臉。但我四肢痠痛，只能爬上去。背著我，四寶哥的速度慢很多。我緊緊抓住四寶哥的毛。

他肥肥的身體，抱起來好溫暖！我不知不覺睡著了，醒來時，已經躺在溫暖的窩裡。

5 會飛的老鼠

發生這件事後，阿母警告我，無論如何，千萬不可以再到外面去，也不准去地下一樓，她還派四寶哥看著我，教我練武。四寶哥說，地下鼠放話，有別的老鼠再闖進他們的地盤，見一個、吃一個。

「四寶哥，你不覺得，住在圖書館真的超無聊嗎？吱！」我發現自己說話竟然有點像小傑。

「無聊？不會啊。很多地方你都還沒去過吧。吱嗝。」

「哪裡？好玩嗎？」我翹起尾巴。

「吱！像是圖書館頂樓，」四寶哥拍了一下尾巴說：「很多人類會去那裡曬太陽、看風景，還偷帶食物進來！」

聽到「食物」，我的眼睛發亮：「四寶哥，下次去頂樓，可以帶我一起去嗎？吱吱！」

「吱嗝！聽阿母的話，好好練武。等你功夫有長進再說。」四寶哥說。

為了可以出去，我決心好好練武。四寶哥平常對我很好，教起武術來，變得超嚴格！有時是用力的部位錯了，有時是重心放錯，好不容易動作跟四寶哥越來越「像」，還長出小小的肌肉。

「四寶哥，你看我！」我擺出最帥的招式。啪！四寶哥一腳飛踢，我躺在地上，爬不起來。

「武術不是拿來『看』的！再練！」四寶哥丟下這句話，就出去了。

我到館中樹下撿來四根樹枝，插在半塊地瓜上，想像成是四寶哥，每天對打，不敢懈怠。有一天，我正在練習時，我聽見很輕的腳步聲，一個黑影往我的頭劈來，我用右前腳化解，左前腳使出黑鼠偷心，向前打出，好像打在一團棉花上，勁力消失得無影無蹤。

「四寶哥，你幹嘛？」原來我這一拳是打在四寶哥的肚子上。

「嗝吱！力度夠了，不過準確度差點。」四寶哥露出微笑：「明天帶你上頂樓！」

「吱！真的嗎？」我終於可以出去了！

隔天，四寶哥帶著我沿管線往上爬。七樓以上，是三不管地帶，要更小心，不要引起衝突。四寶哥邊走邊提醒我。話才說完，兩隻老鼠從我們身邊竄過，超越我們。

「看傻啦！那是閃電鼠家族的三妞和五妞！」四寶哥指著她們說。

「四寶，你旁邊那隻獨眼吱哩咕是誰？」叫做三妞的閃電鼠回過頭看著我們說。

「三妞，不要小看這傢伙，會看人類的字呢！吱嗝！」四寶哥的話讓我有點不好意思。在老鼠的世界裡，真的會有鼠在乎認字這件事嗎？

「原來那隻會認字的老鼠就是他啊！吱！」五妞回過頭來，細長的尾巴來回擺動。

「五妞，別管他們，走吧，再不走，食物都被天上飛的吃掉啦！」三妞說完，她們就飛快消失在管線盡頭。

「超快的！吱！」我忍不住讚嘆。

「別看了，我們也趕快走，吱嗝！」

終於走到管線出口，我聞到香噴噴的麵包香和青草味。我用力吸了好幾口，直到四寶哥用尾巴拍拍我的頭，帶我從通風口鑽入花圃。這裡的花很鮮豔，有紅有紫，做成花圈一定很美。草叢上有散落的吐司屑，四寶哥撿起一塊吐司屑，躲進草叢裡大口咬著。我也拿起一塊吐司屑，打算一口吃進肚子裡，卻聽到嘰嘰喳喳的聲音。

「啾啾，你不知道這些吐司是人類給我們的嗎？」我抬頭，一隻小麻雀跳到我面前，她的眼睛像我收藏的玻璃珠一樣閃亮。

「吱？這是人類給你們的？」

「啾啾。」小麻雀迅速點頭。

「吱吱，人類會把食物分給其他動物？」

「啾，『可愛』動物。」

「『可愛』動物，吱？」

小麻雀不耐煩拍拍翅膀說：「我們麻雀，就是可愛動物，有翅膀，可以飛。不像你們老鼠，只會躲在暗暗的地方！」

這時，一雙大腳踏過來，我趕緊躲進草叢裡。那是一雙穿布鞋的大腳，大腳的主人吼著：「走開，走開，一群死麻雀！」他揮動手裡的書本，麻雀往四處飛去。那雙大腳離開，幾隻麻雀又飛回來。小麻雀也在其中。我跑到她面前說：「吱，你不是說你們是可愛動物？」

小麻雀假裝沒聽見，繼續啄地上的吐司。我一定是說錯話了，連忙改口：「好羨慕你有翅膀！」

小麻雀看了我一眼，拍了拍翅膀，揚起頭。

「你去過很多地方吧！我每天帶一塊吐司給你，跟你交換外面的故事，吱吱？」

「等你拿到吐司再說吧！啾！」她說完後展開翅膀，往天空飛去，越飛越遠，直到變成一個小黑點，消失在天空中。

為了能再和雀雀說話，我決定展開第一次廚房探險。雀雀，是我為她取的名字。為了雀雀，為了拿到吐司，我拜託四寶哥教我找食物。

「十六，廚房在三樓，我們得先走通風管到四樓，再沿著消防管線到廚房，吱嗝。」四寶哥揚起尾巴在空氣中比劃到達廚房的路線。這一段管線特別暗，還好有四寶哥在，他身上的酒氣給我一種安全感。

「出了這個洞口，就是人類的廚房，吱。」四寶哥走出洞口前，回頭對我說。

說完，他跳了下去，我也跟著跳下去。地板油膩膩，我滑了一跤。一道黑影閃過，嚇得我全身的毛全站起來。

「別怕，是蟑螂。」四寶哥說。我們很尊敬蟑螂，他們找食物技巧和生寶寶速度都比我們強。四寶哥帶我往蟑螂飛奔的方向去，看見一顆被踩扁的葡萄乾，陷進地磚的凹痕裡。四寶哥發出吱吱聲，蟑螂跑開，他挖出葡萄乾，嘗一口再遞給我，對我說：「十六，這是你第一次覓食的禮物。」我一口把葡萄乾吃了，甜甜酸酸的，有點像想念雀雀的心情。

我們沿著櫥櫃底下走。每走兩三步，四寶哥就停下來，左看右看，確定沒有危險，再繼續往前走。

吱咿。有其他老鼠。四寶哥左看看右看看，告訴我：「發現其他味道，記得保持距離！」我點頭。

又走了一小段路，前方出現一個奇怪的黑籠，一塊油油亮亮的肉掛在一支鐵勾上，我好奇往前走幾步，被四寶哥擋了下來。

「吱咕！」四寶哥鼓起圓圓的臉，用尾巴指著那個鐵籠，警告我：「千萬不要靠近那東西。那是捕鼠籠，上面的肉有毒。我們走進去，鐵門掉下來，就再也出不來了。」我抬頭往上看，一道陰森森的鐵門，有危險的味道。

說來有點丟臉，送給雀雀的禮物，我是在洗手槽的凹槽裡發現的，那是一塊濕濕的吐司邊。我拿出吐司邊，放進掛在胸前的百寶袋，爬上館中樹，放在樹枝上曬了一天。等到風乾變硬，再帶它爬上頂樓。

那天，雀雀正和家人在花叢裡覓食，她往地上啄幾口，抬起頭來，靈巧的左右轉動。她的嘴小小尖尖的，若是不小心惹她生氣，被那小嘴啄到一定很痛，吱！

「吱吱！」我走近雀雀，向她打招呼。深吸一口氣，站直身體，拿出乾掉的吐司放到雀雀面前。

雀雀蹦蹦跳跳走來，歪頭看著吐司說：「我看這吐司酸了吧！我不吃酸掉的東西，啾嘰。」

我垂下頭，把吐司放到腳邊，打算轉身離開，雀雀喊住我：「啾，沒見過像你這樣的老鼠。就告訴你一些外面的事吧！」

「吱吱！」我看著驕傲美麗的雀雀，不停點頭。

「我們在這覓食，但不住在這裡，你知道為什麼嗎？啾嘰。」雀雀說。

我搖搖頭。

雀雀張開右翅，指著身邊的花叢說：「這些花，看起來都是真的，其實不算真的。」

「哈啾！」我聞了聞身邊的花，打了一個大噴嚏。這明明是真的花啊！我因為花粉而過敏了，我不解地看著雀雀。

聰明的雀雀立刻察覺我的眼神，翹起尾巴回：「你不懂！這些花是人類種的，種的時候很美，但很快就死了，死了，就再種一遍。外面的世界才不是這樣，死了，留下種子，枯葉變成養分，讓種子長大。真正的自然，不會只有新的、美的，而是什麼都有。啾咪。」雀雀的眼睛發出晶晶亮亮的光芒。從雀雀的話裡，我明白，雀雀的世界比我的更廣更大。

為了交換外面的故事，我更常出去找食物，經驗多了，技巧就更熟練。我最厲害的找食物技巧，是逃跑，一有動靜，我就跑，任何鼠都追不上。

我還會認字。跟吉姆叔叔學認字的時候，從沒想到認字能幫助覓食行動。我可以從標示知道囤貨的地方，發現被密封的食物，人類的密封罐特別厲害，一點味道都沒有。人類會幫食物寫上存放日期，如果偷走的是過期的食物，比較不容易被發現。

我靠這些本領，每隔兩三天，找到過期吐司，拿到頂樓給雀雀，交換外面的故事。從雀雀口中，我才知道「禮物」外有一條長長的「人行道」，種了好多樹，人類會在那裡餵鴿子。

「啾啾，有些人類很奇怪，喜歡鴿子，不喜歡我們，看到我們，就把我們趕走，我們都有翅膀啊！」雀雀歪頭說。

我想，也許有些人類也不喜歡鴿子。我沒有鴿子朋友，但是曾經在一個白天，看見一隻鴿子往落地窗衝過來，碰！好大一聲！據說，圖書館人來不及清理，就被地下鼠吃進肚子裡。我沒吃過鴿子肉，也不想吃。

我問雀雀，為什麼鴿子要撞玻璃？雀雀回答：「啾，還不是玻璃窗害的！從外面看，天空倒映在玻璃上，飛太快，還以為那也是天空呢！」

「吱吱，從外面看圖書館，是什麼樣子啊？」

「什麼樣子？」雀雀歪頭：「你自己去看，不就知道了！啾！」

雀雀說完，張開翅膀飛走了。

我去過外面，但是，第一次就遇到可怕的大貓。這種事，我不會告訴雀雀，她一定會笑我是「吱哩蛋」。

圖書館西邊，太陽直曬的地方，全是辦公室。為了抵擋陽光，人類在辦公桌上方，打了整排的傘。最多傘的是第一張辦公桌。我往下看時，只看見張開的碎花圓傘，看不到人。這張辦公桌的主人，我叫她雨傘人。我很少看到雨傘人，但經常聽到她的聲音。放音樂的聲音、講手機的聲音、和同事聊天的聲音。圖書館人裡，她的聲音最多。

週末，輪到她值班，她打開電腦喇叭，喝著蜂蜜檸檬，跟著音樂唱歌。她最常唱的是這首：「人生短短幾個秋啊～不醉不罷休～東邊我的美人哪～西邊黃河流～」這首歌讓我想起雀雀，想起她美麗的翅膀。我常跑到這裡，想學會這首歌，唱給雀雀聽。

雨傘人的工作是把書分類、貼標籤。她和同事們常推著雙層推車，運著滿滿的書到其他地方。她有一股刺鼻的香水味，我不喜歡。她天天穿新衣，大家都說她「很會穿衣服」。像我們，只要把毛髮舔乾淨就好，不用煩惱穿衣服的問題。吱！當老鼠還是比當人簡單多了！

這天，我又跑來她這裡，等著聽歌。

「年底，我就退休啦！」雨傘人大聲說。

「你有沒有想清楚？上這個班輕輕鬆鬆，還有錢領，退休以後要幹嘛？」說話的是坐在雨傘人旁邊的奶奶。每個人的辦公桌上都有一塊牌子，雨傘人的寫著「工友」，奶奶的是「志工」。

「我想得非常清楚，留在這裡幹嘛呢？什麼綠建築！太陽曬得要命！再說到錢，政策天天變，什麼時候把我的退休金扣光光都不知道！」雨傘人邊搬書邊抱怨。

「要是我可以退休，也立刻退。」坐在雨傘人後面的「課員」說。

「你怕什麼！你是公務員，再怎樣也比我們有保障！」雨傘人說。

「話不是這麼說，我多想現在就回家玩小孩！我們家米粉多乖，叫牠來就來，叫牠走就走。還會對我汪汪叫，要我抱，多可愛！」

雨傘人嘆口氣說：「說到狗，我姪女萱萱怕我孤單，硬是送我一條狗，要人餵，還得帶牠出去散步，真是折煞我了！」

「你姪女是孝順啊！」奶奶說。

「什麼孝順？我小時候住眷村，被隔壁鄰居的狗咬一口，怕狗怕得要死！」

「她哪裡知道你被狗咬過？」課員說。

「別的不提，那狗騷味，我聞了就不舒服，只好把牠養在陽台。」雨傘人舉起右手在鼻子前揮動，她的指甲上全塗著鮮紅色指甲油。

「我看那隻狗才怕你身上的香水味呢！」課員說。我不停點頭。

「哼，我這鼻子太靈，不得不多噴香水。」雨傘人手指天花板說：「這上面，不知道住了多少老鼠?!」

奶奶和課員皺起眉頭。我嚇得四肢發軟。吱！沒想到人類的鼻子這麼靈！

「什麼老鼠？」一個男人走進辦公室。他有一張白白圓圓的臉，一雙瞇瞇眼，還有寬寬大大的鼻子。雨傘人、課員和奶奶一見到他，馬上立正站好，齊聲喊：「館長好！」竟然是館長！我好奇的張大眼睛，只見館長訓了長長一段話後，丟下一句：「我要去頂樓巡一巡。」大家恭敬的說：「館長慢走！」

吱！當館長真是太神氣了。

我跟著館長，跑上頂樓，躲進花叢裡偷看館長。只見花叢外的空地上，有幾隻麻雀正在低頭啄食餅乾屑。忽然，一陣腳步聲朝那群麻雀走來。

「這些死麻雀怎麼越來越多！」其中一個人說。

「對啊，不過是一群『會飛的老鼠』！走開，走開！」一隻大腳踢向草地，麻雀一飛而散。我知道他們在罵麻雀，但心裡卻有點開心，覺得自己和雀雀沒有太大不同，只是雀雀多了一雙翅膀。

那些人走後，一隻小鳥兒飛了過來。是雀雀。

「啾！你也來啦！」雀雀收起翅膀，用嘴巴整理羽毛。

「吱，我剛剛聽到人類說，麻雀，是會飛的老鼠耶！」

雀雀一聽，停下嘴，瞪大眼睛說：「啾哼！那人類什麼都不懂！我們怎麼會跟你們一樣！」

我不敢再說，拿出百寶袋裡的吐司。雀雀卻一口也沒有動，轉身揮動翅膀，消失在天空中。

6 父親的模樣

那天以後，我很少再去頂樓。為了不要胡思亂想，除了跟四寶哥練武，一有空，我就去讀書。

每到節日，主題書區就會跟著換書。八月到了，這裡擺滿跟「父親」有關的書，像是向田邦子的《父親的道歉信》、森茉莉《父親的帽子》、宮部美幸《繼父》、娜汀．布罕柯司莫《父親總是有辦法》、露比．布朗《爸爸，真好玩！》、安東尼．布朗的《我爸爸》、艾瑞．卡爾的《海馬先生》……。這些書讓我好想念吉姆叔叔！阿母從來沒說過我阿爸是誰，在我心裡，吉姆叔叔就像阿爸一樣。

距離吉姆叔叔不見那天，整整一年過去，每個角落我都找遍了，還是沒有找到他。只剩一個地方還沒去過，就是佩琪的家。為了找到吉姆叔叔，我做了一個決定。

我躲在緩坡區，耐心等待。熟悉的木頭香傳來，果然是佩琪。我從天花板跳下書櫃，一層一層往下跳。目標就在前方，佩琪的背包。她的包包很少關上，我趁她不注意時鑽進去。我以為裡頭有書，但只有一個長方形塑膠皮夾、一串鑰匙和一把摺疊傘。

這不是我第一次「出走」，上次是小傑帶我出去，這次只有我。在背包裡，我看不見外面的世界，只能靠耳朵和鼻子。我聽見滾輪的聲音，推車上一定疊滿了書。過了不知多久，背包晃動，往上升起。吱！佩琪要回家了。想到就要看見吉姆叔叔的房間，我的心噗通噗通跳。

佩琪不停走著，偶而停下來。叭叭叭！喇叭聲，馬路到了。車子放的屁實在有夠臭！我摀住鼻子。吱！超噁的！我想起雀雀，住在兩條馬路中間，整天都得聞車子的屁。

佩琪走上一輛車，坐下後，把背包放在腿上。我的身體和佩琪的腿僅僅隔著一塊布，我感覺到她的體溫。車子停停走走，過了好多站。她背起包包，下車。逼、逼、逼、逼。叭叭——叭——叭——。這些車不僅會放屁，還很大聲！

終於，四周安靜下來。我聞到一股迷人的香氣，軟爛的青菜和肥滋滋的肉味。吱！難道是傳說中的「菜市場」？阿母說過，她小時候住在市場邊，到處都是這種味道。好香啊！吱吱！我忍耐著不要跑出去。

市場的氣味越來越遠，佩琪停了下來，打開背包，細瘦的手指往裡頭挖呀挖。我不敢動，怕她發現。她撈起一串鑰匙，轉動它。我跟著背包一階一階往上，鑰匙再度轉動，門開了。一扇鐵做的門。

碰！背包被丟在一個柔軟的東西上。等佩琪的腳步聲走遠，我一點一點撐開拉鍊，四處張望，確定沒人，也沒貓，才鑽出去。

咚！安全降落，這是一張沙發椅。腳步聲響起，我跳下地板，滾了三圈，爬到椅子底下。可惜不能錄下來，要不然就可以給四寶哥看，他的徒弟可沒丟他的臉！

從椅子底下往外看，佩琪穿著拖鞋。她的腳趾又白又胖，趾甲短短的。這種腳要怎麼往上爬？像我們的爪子又尖又長，可以打架、抓東西，多好用。

佩琪往一扇門走進去，那裡透出一道白光。我的身體好累，比第一次覓食還要辛苦，我癱在地上，捲起尾巴，很快睡著。

我再度張開眼睛，四周一片黑暗。吱！我嗅著佩琪的味道，走進那個房間。吉姆叔叔的房間。

吱吱！多乾淨啊！地上堆滿書，兩包垃圾袋，三隻蟑螂沿桌腳往上爬。咕嚕咕嚕，肚子好餓，我鑽進垃圾桶，發現一包零食袋，把剩下的屑屑舔乾淨。

佩琪躺在床上，床邊擺了幾本書。床的另一側有整排書牆，散發木頭香。我跳上書牆，從最底層往上爬。吱！這些都是吉姆叔叔讀過的書啊。

好不容易，爬上書櫃頂端，又餓又累的我，忍不住嗚嗚哭起來，吉姆叔叔你到底在哪裡？哭著哭著，眼皮越來越重，一股熟悉的藥水味傳來，我睜開眼睛喊：「吉姆叔叔！」什麼影子也沒有。空氣裡飄來藥水味和木頭香，這是吉姆叔叔的味道沒錯。我跟著那股味道，在牆邊發現一根白毛。我握著白毛，睡得好熟好熟。

咿呀——，我被聲音驚醒。看見佩琪推開門，走出去。陽光照進房間。我打開右腳，那根白毛閃閃發光。這不是夢。

我站在書櫃上看整個房間。一張單人床連著衣櫃，衣櫃的門沒關，裡頭掛著幾件衣服，全是白色的。不只衣服，房間裡的床單、枕頭和棉被也都是白的。床邊有張小桌子，桌上放著一個相框。我咬著白毛，爬下書櫃，再跳上桌子。我看著相框裡的照片，可以看出本來是一張三人合照，但站在最後的那個人頭不見了。那個人穿著藍色襯衫、黑色西裝，身邊的女人穿著紫紅色毛衣，雙手緊抱一個小女孩，女孩穿著圓點粉紅洋裝，她的頭髮、皮膚都是白色的。

我站直身體，想看清楚點，匡噹一聲，我的屁股撞到相框，相框掉到地面上。我豎起毛，左看看，右看看，沒有人，趕緊跳到地面。

我想把相框扶起來，但是相框太重。我只能坐在地上，看著相框發愣，想著該怎麼辦？這時，我發現

相框背後夾著一張圓圓的小紙片，難道是合照缺掉的那塊？照片上的人戴著木框眼鏡，抿著嘴。白白圓圓的臉，瞇瞇眼，寬鼻子，短短的頭毛，好像在哪裡見過他。吱！是館長。正當我想再次確認照片時，一陣腳步聲傳來。糟了！一定是佩琪回來了！我趕緊鑽進床底下。她撿起相框，坐在床上。沒多久，我聽見嗚嗚嗚的哭聲，從上面傳來。

吱！糟了，白毛不見了！等到哭聲變成打呼聲，我才從床底下鑽出來。我找遍地面、桌子、相框，都沒找到那根白毛。我用力嗅了嗅，吉姆叔叔的味道全消失了。

趁著佩琪午睡時，我爬下桌子，回到客廳，鑽進背包，躲進夾層。等待隔天她去圖書館時，偷偷跟她溜回圖書館。

濃濃的書香，圖書館到了。我小心鑽出背包，跳上書架、天花板，沒有回窩，直奔七樓館長室。

館長不在，座位空空的，沙發上也沒有人。辦公桌堆滿公文夾，有的是紅色的，有的是白色的，還有些是藍色的。紅色是「最速件」，跑最快；藍色是「速件」，一點點快；白色是「普通件」，可以慢慢跑。跑得越快，當然事情就越重要。但是，對我們來說不一定是這樣。像滅鼠公文就常常放在白色公文夾，這明明是超嚴重的大事！吱！

看來，館長一時還不會回來，只能等下去。短針走了快兩格，辦公室才有動靜。一陣茶香飄來，留長直髮、穿長裙的女人把手裡的杯子放在玻璃桌上。剛放好，館長就走進來，一屁股坐在沙發上，打開報紙，喝口茶。我看了好幾眼，不會錯的，藏在相框後

的照片就是他。細長的眼睛、寬闊的鼻子，只是，現在的他胖了不少，圓鼓鼓的肚子快把襯衫的扣子撐開。難道，館長就是佩琪的阿爸？

嗶嗶，尖銳聲音傳來，館長放下報紙，拿出西裝裡的手機，低著頭，用手指滑動螢幕。我豎起耳朵。

「唉，提啥物攏無通過，我這個館長閣愛做無？」館長邊說邊放下手機，雙手揉著頭，對外面喊：「入來。」

咚咚咚，端茶女人低頭問：「館長，有什麼吩咐？」

「去，叫這擺負責新書發表會的來。」館長揮了揮手。

「好的。」端茶女人點點頭，立刻走到門外撥電話。館長看起來非常疲憊的樣子，揉了揉頭，又喝了一口茶。

不一會兒，一個短髮的「組長」走來。他們談著新書發表會，還提到要在旁邊弄一些把費。聽見「把費」我的精神都來了。好不容易等到他們討論完，組長先離開，只見館長又批了一些公文，終於離開辦公室，把燈關掉。

一片漆黑。

吱！太好了！我等的就是這一刻！我從天花板跳下去，降落在音響上，跳下地板，爬上沙發椅，再跳上辦公桌，打開帶著軟糖香氣的紅色公文夾，上面寫著：「新書發表設計案」。果然看見把費的規畫圖。左邊是吧台區，有各種飲料，像可樂、雪碧、蜂蜜檸檬汁，也有紅茶、珍珠奶茶和咖啡。右手邊是甜點區，有草莓蛋糕、巧克力、香草千層和布丁。光看名字，我的口水就流不停。

紅色公文夾旁，還放著一份白色公文夾。吱！該不會又是滅鼠行動吧？我顫抖著打開公文，最上面寫著五個大字：讀、者、藏、書、案。

簽於　閱覽部

主旨：有關閱覽部讀者藏書案，簽請核示。

說明：經查一白衣女性讀者（照片如附件一），屢次將書藏於館內各處（書單如附件二），且向館員抗議該書之重要，不能陳列於書架，經館員勸導未果。若再次發現不當行徑，擬沒收該女之借閱證，並通報警察局。

擬辦：奉核後，辦理相關事宜。

公文後面，附一張照片。照片裡有一個長髮白衣的人類，抱著書縮在角落，不用看也知道是佩琪。照片後還有一份書單。

作者	書名	索書號
馬克．吐溫（Mark Twain）著；秋帆譯	哈克歷險記	B 805.18 6436
宮部美幸著；張秋明譯	繼父	B 861.57 8798
向田邦子著；陳鵬仁譯	父親的道歉信	B 861.6 2651
森茉莉著；吳季倫譯	父親の帽子	B 861.67 4044
喬治．歐威爾（George Orwell）原著；呂傳紅翻譯	動物農莊	B 873.57 7751
柯奈莉亞．馮克（Cornelia Funke）著；劉興華譯	墨水心	B 875.59 3444 2009

吱！這份書單，好多我都讀過！是吉姆叔叔一個字一個字帶我讀。我問過他：「動物之間平等嗎？」現在，我知道，動物之間不

平等，老鼠和麻雀，貓和老鼠，老鼠和人類，就算是同類也不平等，像圖書館人就是這樣，館長比組長大，組長比圖書館人大，圖書館人又比工友大。老鼠也是，為什麼只有閃電鼠可以住在離餐廳最近的地方？我被自己的想法嚇了一跳。

一陣腳步聲傳來。不可能！我看牆上的時鐘，短針長針都在最上面，早就超過閉館時間。但是腳步聲越來越近，我只好趕緊跳下辦公桌，躲進桌子底下。

一雙擦得油油亮亮的皮鞋走進來。是館長！這麼晚了，他為什麼還要回來辦公室？

他站在辦公桌前，看著桌面說：「我記得有蓋起啊，哪會開開？」他坐上皮椅，翹起腳。我聽見他翻動紙張的聲音。他的影子映在白牆上，頭倚著手，像在想事情。我聽見筆摩擦紙的聲音，手指敲擊桌面的聲音，還有嘆氣的聲音。他站起來，往門口走去。

吱呼！還好他沒發現我！我努力爬上辦公桌，打開白色公文夾，發現公文上多了一行字：「讀者藏書並無惡意，暫不處置，另加派人員巡書及上架。」但是，附在後面，那張偷拍佩琪的照片卻不見了。

7 小小救援隊

隔天，圖書館上上下下忙成一團，「瘋颱」要來了。我出生那年，也遇過一次超強瘋颱，館中樹全倒了。好在那時我還小，沒什麼印象。這種瘋颱，每年都來幾次，「禮物」頂多是樹倒掉、漏點水。我本來以為這次也是這樣。

一早，還是大太陽，偶而下毛毛雨。館中樹下有幾個地方積水，變成泥巴池。放瘋颱假，沒人會來，四寶哥帶我們出去玩水。長大以後，好久沒玩得這麼開心，樹葉當小船，樹枝當槍，打水仗。我泡在泥巴池裡，抬頭看天空，白雲像被魔法棒定住一樣，動也不動。圖書館就是我們的遊樂園。

天色漸漸變暗，開始起風，白雲好像裝上加速器，變成孫悟空的筋斗雲。天空掉下幾滴雨，雨滴越來越大。我們拿樹葉當傘，跑回窩裡。

啪嗒、啪嗒，雨聲穿過泥土。阿母很不安，用鼻子聞聞牆上的土，叫四寶哥到外面看看狀況。我跟著四寶哥，館中樹晃得很厲害，綁在它們身上的鐵絲斷了好幾條。四寶哥看著我說：「走，去緩坡區。」緩坡區每次下雨就漏水。

一到緩坡區，牆面的水不斷滲進來。幾隻地下鼠往我們衝來，其中一隻撞上四寶哥。

「發生什麼事？吱嗝。」四寶哥問。

「大……水……來啦！大水……來……啦！」那隻地下鼠結結巴巴的說。平時凶狠的地下鼠，全身濕答答，不停發抖。一旁的地下鼠指著下面說：「下面全淹啦！那些閃電鼠，太可惡！不讓我們避水，我們只好往上跑。」

「吱嗝！你們可以待在這裡，但不能靠近我們的窩。」四寶哥說。

「吱吱！」地下鼠搖搖尾巴，達成協議。

四寶哥轉頭對我說：「走，我們去『下面』看看！」

我們沿著管線走，越往下，空氣越潮濕。牆面滲出水珠，裂縫明顯的地方，水滴沿縫聚成小河。一到地下層，只見牆壁像瀑布般，湧出水來。幾個圖書館人跑來跑去，有的用臉盆接水，有的拿毛巾鋪在地上，仍然止不住大水，下層書架的書全泡在水裡。其中一個穿藍色制服的保全向對講機喊：「呼叫值班主管，呼叫值班主管，地下室淹水嚴重！」

一個女人從旋轉梯跑下來。鹹味泡泡糖，是香香。她站在樓梯上，張著嘴看著眼前的「書海」。她拿起腰間對講機，按下按鍵，大聲說：「報告館長，地下室淹到腳踝，是不是要加派人手來搬書？」

她立刻脫掉鞋子，捲起褲管，走進「書海」。只見她不停搬書，其他圖書館人也下「海」幫忙。一個人把書遞給另一個人，一疊疊的書，就這樣從地下室，經過旋轉梯，搬上一樓。水還是不停湧出來，有的書在水面上漂浮，像沒有方向的船；有的泡在水底，絕望的哭泣。

吱！糟糕！《哈克歷險記》還在樹洞裡的書櫃！我著急得想跳下去救書，卻被四寶哥抓住。

「你想幹嘛？」四寶哥說。

「快放開我，我要去救書！」我喊。

「你又不會游泳，下面水那麼深，怎麼救？吱嗝！」四寶哥說的沒錯，就算我跑下去，也救不了那本書，只能眼看水越淹越高。就在我完全絕望的時候，一個白色身影出現，是佩琪！她往書海最深的地方走去，把《哈克歷險記》抱在懷裡，還抽出好幾本泡在水底的書。

佩琪把書搬上去，又跑回來。不管什麼書，抓住就往上搬，本來已經放棄搶救的香香，也跟著繼續搶救泡水書。

最後，連館長也來了。他脫掉西裝外套和鞋子，把褲管捲到膝蓋上，忙著搶救裡頭的書。我看見他接過佩琪手中沉重的書，我還看見，他們的眼睛都下起了雨。

忙了整整一天，隔天地下一樓的水已經退得差不多，入口被紅龍柱圍起來，上面擺著一張告示，寫著：「整修中，非工作人員請勿進入」。

地下鼠回到他們的窩。聽說，好幾窩剛出生的寶寶都淹死了。

大水帶來的好處只有一個，那就是地下辦公室有一堆泡過水的食物。人類不吃。

以前去找小傑的時候，會經過那間小小的辦公室。裡面只有四張桌子，桌子旁有個三層櫃，全是餅乾點心，靠牆的地方有冰箱，裡面也塞滿食物。十幾個圖書館人輪流進辦公室休息，兩、三人共用一張桌吃飯。

牆角還有一張更小的桌子，桌角有滾輪，可以四處移動。只有這張桌子，只屬於一個人，書醫生。桌面鋪著綠色塑膠墊，放著受傷的書。有的是書頁脫落，有的是封面破掉。書醫生會把書皮脫掉，用小刀刮掉黃膠，再塗上白膠，重新幫書換上新皮，一本書又活過來。

書醫生長得矮矮胖胖，胸前圍裙放著修補的工具。眉毛上有一條明顯的疤，頭髮也遮不住。書醫生不愛說話，可能是因為這樣，他沒有被安排在櫃台工作。每天和老舊的書混在一起，他的身上全是霉味和白膠味。哈啾啾！我雖然對他很好奇，但實在怕了這味道！有幾次，我去找佩琪的時候，就聞到那味道，從書架另一邊傳來。現在他的桌子上堆滿了待修的書，看來要修好那些書得花上不少時間。

我這一趟來，是來打聽泡水的食物。那些東西，人類不吃，我們吃。吱！

但是，地下鼠說這些食物全是他們的，他們用鼠寶寶的生命換來的。就連閃電鼠長老親自去談判，地下鼠大仔也一口拒絕。

「吱咿！該躲的還是躲不掉！」阿母嘆口氣說。

沒多久，一姊跑回來報告，閃電鼠長老在洞口。以前，都是我們搬食物去閃電鼠那裡。從來沒有，閃電鼠來我們這裡，何況還是長老！

長老的閃電鬚像雪白的銀絲，身體比一般老鼠都大，毛色灰灰的，肚皮皺皺的，像垮掉的鮮奶油蛋糕。他身後站著另外兩隻閃電鼠，比較胖的是三妞，尾巴長的是五妞。她的尾巴是我見過最長、最會跳舞的尾巴。

「吱！別老盯著五妞看！」四寶哥用尾巴拍了一下我的頭。吱哼！說我，你也好不到哪去。我心裡想。四寶哥的眼睛，還不是老盯著三妞圓圓的大屁股！

「咳咳。吱。」長老咳了兩聲，四周安靜下來。「今天，特地到這裡。我想，你們也知道，我的來意。」長老講話有夠慢！

「長老，有什麼事，直說吧！」阿母說。

「過去，這裡一直是，我們閃電鼠當家。咳咳。食物也是，我們分配。大家不也相安無事好多年？」長老停頓了一下，繼續說：「現在，『下面的』要當老大，破壞和平，你們站哪一邊？」長老說到「下面的」語氣激動，抖動身體，不停咳嗽，眼眶泛淚。三妞也跟著流下淚來。

我在四寶哥耳朵旁小聲問：「誰是『下面的』？」

「這還要問？當然是地下鼠！吱哩咕！」四寶哥說。他的眼睛也紅紅的。

「長老，這個，我不能決定。吱。」阿母看著我們：「這些鼠仔都大了，他們自己決定。」

阿母讓我們表決。被閃電鼠長老「感動」的四寶哥立刻舉起尾巴，其他兄弟姊妹也跟著舉起尾巴。表決的結果，除了我和阿母沒表態，其他都站在閃電鼠這邊。只要地下鼠一攻上來，我們就去支援閃電鼠。

一天又一天，整整七天過去，一點動靜也沒有。

「該不會是怕了我們吧?吱嗝。」四寶哥說。

才說完，就見三妞跑來，有點一跛一跛的。

「怎麼了？」四寶哥緊張的問。

「吱吱吱……地下鼠……地下鼠……攻上來了！」三妞喘著氣說。

四寶哥一聽，帶著我們往下跑。底下打成一片，哀嚎聲不斷。閃電鼠長老是總指揮，但是，他的作戰圖，前線全是我們便當鼠，閃電鼠在後方支援。

問。

「四寶哥，我覺得哪裡怪怪的，為什麼都是便當鼠往前衝？」我

「現在不是問問題的時候，我來打先鋒！」四寶哥衝第一個。

地下鼠帶頭的「大仔」，看見四寶哥，露出兩顆尖銳的牙說：

「吱哩咕，這不關你們便當鼠的事，閃一邊去！否則，別怪我們！」

「鼠死誰手還不知道！」四寶哥「嗝」一聲，擺出他招牌醉拳。

「吱哼！」大仔撲過來，和四寶哥扭打成一團。一隻蒙面鼠帶著幾隻地下鼠往上跑，一路衝往我們的窩。我和一姊從後面跟上。

「站住！」我喊。

「吱哩蛋。好久不見。」熟悉的聲音從面具裡發出來。

「你……你是七寶哥？」蒙面鼠扯掉面具，果然是七寶哥，但他的臉上多了一條深深的疤，從左耳一直延伸到左眼。一姊和我看著那

條疤，倒抽一口氣。

「我沒地方去，又被外面的貓抓傷，是大仔救了我一命。」七寶哥解釋著他臉上的傷。就在七寶哥說話時，更多的地下鼠衝進我們的窩裡來。眼看一場大戰即將開打，滴滴滴，我的滴滴鐘大響，所有地下鼠，全都愣住，動也不動。我向一姊眨了眨眼睛，大喊：「快逃，捕鼠隊來啦！」一姊也幫忙喊：「快逃，吱吱。」這個聲音便當鼠當然都知道是什麼，唯獨不知情的地下鼠全都落荒而逃。七寶哥也不見了。

然而，這場大戰發出的聲響還是驚動了人類。他們加強管制，放了很多捕鼠器，連泡水的食物都被清得一乾二淨，食物全被藏起來，越來越難找。

這天，阿母把四寶哥和我叫來身邊。

「吱！沒東西吃，」阿母看著還沒長毛的小鼠寶們：「我沒有奶水了，再不吃，這窩小東西都完蛋。」

「阿母，」四寶哥說：「我們會找到食物的！」

「四寶，你能打，十六，你識字，」阿母說：「這個任務很困難，只有你們合作，才可能成功。聽說人類有一場重要的會議，我要你們去打聽便當的消息。」聽到「便當」，四寶哥和我的眼睛都發亮。

「回去好好休息！明天行動。」阿母說。

「吱吱！」我們接下這個艱難的任務。當時的我們不知道，接下來會遇到那些可怕的事，被抓進冰冷的鼠籠中……。

***

當我再次睜開沉重的雙眼，發現自己還在籠子裡。

我不知道自己到底昏迷了多久？想爬起來，卻發現籠子好燙，太陽高高掛在天空上。人類想活活烤死我吧！我看了四周，幾塊巨大的石頭，放在草地上，這裡應該是禮物的後面。鐵籠被放在其中一塊石頭上面，石頭又高又滑，一般鼠根本爬不上來。四寶哥仍是一動也不動，氣息也漸漸微弱。

我用力撞鐵籠的大門，籠子動也不動，門還是牢牢關著。我的腳流著血，嘴唇好乾。

「十六，十六，你怎麼會在這裡？啾！」

好熟悉的聲音，我睜開眼，看見雀雀圓圓的眼睛，歪著頭看著我。我開口，卻說不出話。

「十六，十六，告訴我，怎樣把籠子打開？」雀雀揮動著翅膀，繞著鐵籠轉圈。她飛到草叢裡，又飛回來，嘴裡含著一根黑豬草，塞進籠子裡。我咬著草根，草汁流入我的喉嚨。雀雀用身體撞籠子，用嘴巴啄鐵門，都沒有用。

冷靜，十六，我告訴自己，一定可以找到方法逃出去。吱！我想起一本書《捕鼠及鼠隻採檢手冊》。當時，那本書從捕鼠人的口袋掉出來，我等到捕鼠人走光，才跑去打開它。

那是一本好可怕的書！寫著怎樣用捕鼠籠抓我們，首先在籠子裡放「誘餌」，像地瓜、花生、香蕉、香腸、油條、肉乾。當我看見這些「誘餌」，嚇了一大跳，吱嗚！都是我們愛吃的！

我不敢往下翻，丟開那本書時，翻開的那頁圖片引起我的注意，那幾張圖在說明如何抓出籠裡的老鼠。我抓抓頭，努力回想。我記得，圖片上，人類拿袋子套上鼠籠，然後把提把往上拉，門就開了！是的，只要把提把往上拉！我用微弱的聲音說：「把這……提把往……上拉，門……就……打開了。」

雀雀一聽，用嘴咬著提把，往上飛。但是，提把依舊動也不動。雀雀只能著急的繞著籠子轉圈，啾啾啾叫著。

「是你嗎？」一雙黑白分明的大眼看著我。吱！我揉揉眼，不敢相信。是小傑！

「不要怕，我知道怎麼打開，媽媽以前教過我。」小傑用力把提把往上拉，籠子打開了。小傑把我和虛弱的四寶哥捧在掌心，輕聲問：「還好嗎？有隻小白鼠，跑到我們的祕密基地，不停轉圈，很急的樣子。他帶我到外面，指著天空的小麻雀。我覺得很奇怪，還是來了。沒想到是你！」小白鼠！一定是吉姆叔叔，原來他一直默默守護著我。

我吻了小傑的手掌，表達感謝。他微微笑，把我放在地上。我離開他，往老鼠洞跑去。我站在洞口，看著缺了兩顆門牙的小傑、飛在半空中的雀雀，搖搖尾巴向他們說再見。

幸運的我們終於得救了。這次換我背著四寶哥，回家的路上，我想起小傑提到的事，我相信，總有一天我和吉姆叔叔一定還會再見。

8

意外的重逢

休息了好幾天，等到體力恢復後，我立刻出洞去尋找食物。我先到五樓茶水間碰碰運氣，有的人類會偷偷用飲水機的熱水泡泡麵，洗手檯凹槽常常卡滿食物。剛到茶水間的天花板，就聽到有人在吱吱喳喳的聊天。我把耳朵貼近天花板的縫隙，想等他們離開，再溜下去。

這時，一隻高大的老鼠擋在我面前。深深的疤痕劃過他的臉。

「好巧啊！吱哩蛋！」七寶哥瞇起右眼說。「我告訴過你們，我沒推那老怪物，你們都不信！下次，再讓我遇到他，他可沒那麼好運！」

「那次是我的不對，是我誤會了你。對不起。」我說出心底的話。我已經知道那次不小心跑到地下鼠的地盤，就是眼前的七寶哥救了我。

「說對不起就夠了嗎？」七寶哥指著臉上的疤痕問。

「我們來比武吧！」我不停發抖：「如果我贏了，你可不可以……」

「可不可以怎樣？你說話可以一次說完嗎？」

「可不可以不要再欺負……吉姆叔叔。」我鼓起勇氣，一口氣說完。

「憑你？」七寶哥站了起來，足足是我的兩倍高：「那你輸了呢？」

「我就消失，再也不出現。」我說。

「有意思！哪裡比？」七寶哥問。

「這裡，下面。」我指著下面的書架。吉姆叔叔掉下去的地方。

其實，這段時間以來，我勤練武術，連四寶哥也說我已有小成。

我請蜘蛛婆婆當裁判，她倒掛在天花板上，用八隻眼睛盯著我們。書架很高，掉下去不死，也會重傷。「開始！」蜘蛛婆婆高喊。

七寶哥右前腳朝我揮來，我使出醉拳基本功「抱頭鼠竄」，兩隻前腳護住頭部，往左前方跳竄，再一招「無線滑鼠」朝七寶哥右腋下滑行過去。七寶哥吱了一聲，眉頭一皺，連忙將右腳下放。我不等七寶哥招數使完，「倒鼠計食」倒向七寶哥身上，往他身上就是一咬，七寶哥大吱一驚急忙後退，我收勢不住倒在地上，順勢一滾，站了起來。

「十六，才多久不見，你的功夫怎麼進步這麼多？」七寶哥察覺案情不單純。

「我跟四寶哥學的，吱！」我沒有告訴他，每天覓食也讓我的身手更加敏捷。

「看來，我也要使出真本事了。」我暗忖不好，七寶哥以前就是家族裡最能打的，功夫還比四寶哥厲害。小時候不懂，長大才聽四寶哥說，七寶哥曾獲一隻老貓指點，習得一套貓鼠拳，打鬥時邁步如貓行，揮拳如貓爪，發聲如貓叫，讓其他鼠輩未戰先逃。

「喵！」突然一聲貓叫，我嚇得汗毛一炸不能動彈，只能眼睜睜看著七寶哥的爪子朝臉上抓來。七寶哥先聲奪鼠，腳踩貓行步，一招貓抓臉，如貓捉老鼠。我不禁四腳一軟，跪倒在地，恰好避開七寶哥的攻擊。

「醉鼠鑽牆！」我靈光一閃，頭往七寶哥肚子撞去。七寶哥以為我功夫大進，沒想到我會膽小腿軟，他使出「靈貓上書」，向左側方一躍避開，不料用力過猛，跳到書架之外，只能用前腳攀在書架邊緣。

「哎呀呀！」蜘蛛婆婆倒抽一口氣。

我站在書架上，看著掛在書架邊的七寶哥。我只要咬一口，他就會掉下去。掉下去就算沒重傷，也會被人類發現。

「救……救我！」七寶哥大叫。我毫不遲疑立刻跑去抓緊他的前腳，拚命往後拉。我知道一個不小心，就連我也可能一起掉下去。這時，我感覺到背後出現另一個力量，那個味道我非常熟悉，是吉姆叔叔！我們費了九鼠二貓之力，好不容易把七寶哥拉上來。七寶哥走向我們說：「謝謝。」這是從小到大，我第一次聽見七寶哥說「謝謝」。

「我宣布，」蜘蛛婆婆說：「這場比賽，十六獲勝！」

經過這件事，七寶哥原諒了我，也接受了吉姆叔叔。他也重新回到便當鼠家族。

我問吉姆叔叔這段時間究竟去了哪裡？

他說，他本來是想要跑進佩琪的背包，偷偷跟著她回家。但是，卻不小心被圖書館人發現了，他只好逃跑，越跑越遠，最後躲進一條通道裡。躲了整整一個晚上，他才跑出洞口。那是一個他沒見過的書區，裡頭放滿各種不同語言的書籍。那些書實在太迷人了，讓他又忍不住多逗留了好幾天。

吉姆叔叔向我承諾，等他弄懂那些書，一定會告訴我那些陌生世界的故事。吉姆叔叔還鼓勵我把這段時間遇到的事寫下來。只是，我想了很久，怎麼樣也擠不出一個字。

9 新書發表會

一個冬天過去。吉姆叔叔回到多元書區，繼續研究不同國家的文字和書籍。七寶哥和地下鼠八比，四寶哥和閃電鼠三妞，各自生下一窩鼠寶寶。我問他們想要什麼禮物？他們都不約而同要我為剛出生的寶寶們取名。我用喜歡的作家、書裡的角色為靈感，為這些孩子取了獨一無二的名字：雪球冰沙、甜薯阿佛、馬克吐司、魷魚西斯，還有我最喜歡的香甜胖子。四寶哥和七寶哥都非常喜歡這些名字。

等到鼠寶寶長出細毛，八比特地來找我，說：「請你教他們讀書吧！至少讓他們學會避開危險。」我有點猶豫，不知道讀書到底會讓他們遠離危險，還是帶來危險？

閃電鼠長老雖然不太喜歡我，但也來拜託我教鼠寶寶們識字。最後，我答應他，答應的原因不只是他願意贊助一個冬天的吐司，最重要的是五妞自願當我的助教。

我在館中樹下，弄了一個老鼠洞給小鼠仔們。牆面當黑板，吐司學校就這麼開張了！以老鼠話為主，搭配人類語，沒想到這種雙語教學大受歡迎。還有體育課請來七寶哥教功夫。不只鼠寶寶，大家還要我多開一個「成鼠班」。

我最得意的學生有兩個，一個是五妞，她對「植物學」特別感興趣，常自己去翻書、找資料。她讀書時，細長的尾巴搖搖擺擺，真是美麗。我用樹葉抄寫情詩，送給了她。

另一個得意門生是七寶哥最小的兒子馬克吐司。他簡直就像當年的我，對什麼都很好奇，從不缺課。幾天前，馬克吐司和我到書架上找書。他睜著圓滾滾的眼睛看著我，問：「十六叔，動物之間平等嗎？」

我一時間愣住了，想起當年的自己和吉姆叔叔。為了好好回答這個問題，我下定決心要把我的故事寫下來。

馬克吐司每天早上到館中樹下找落葉，最好是沒有蟲蛀的葉子，在天亮前，把葉子帶回來，夾在書本裡。口罩人不會放過這些落葉，如果不快點，這些落葉就會被掃進垃圾桶去。

馬克吐司還會去回收場裡，撿人類不要的紙。把上面的字咬成一塊一塊，依照注音符號分類。

我舔了舔那些字紙，把它們貼在樹葉上。一葉貼完，馬克吐司幫我編號，用蜘蛛婆婆的絲串上，繼續下一葉。在他的幫忙下，我的故事終於完成了。

「十六叔，你想幫這本書取什麼名字呢？」

「吱唔，《館中鼠》。」

新書發表會終於要舉辦了。

我從來都沒有想過，作為一隻老鼠，而且是只有一隻眼睛的老鼠，可以辦一場新書發表會。

以前，我也常偷偷參加在圖書館裡舉辦的新書發表會。

「禮物」有很多辦發表會的空間，像三樓空中樓閣就有階梯狀的座位，講台在最底下，後面是整片落地窗。我在這裡聽過一場台灣黑熊的講座，一個白髮女人站在下面說話，其他人坐在階梯上。那時四寶哥也跟著我一起來，他模仿螢幕上的黑熊，站直身體，伸出尖尖的爪子，創出「黑熊探掌」，是他醉拳的絕招之一。不只威嚇敵人，還能阻擋敵人視線，攻擊敵人。

還有個地方在「禮物」的地下一樓，長得像黑漆漆的大盒子，有一種很神祕的感覺。人類叫它「小劇場」。有時候辦演講，偶而會有劇團在這裡表演。而最大的演講廳是在七樓的「風雲閣」。來風雲閣的，都是風雲人物，有名的小說家、科學家，甚至是電影明星。

我的新書發表會不在那些地方，而是在頂樓。辦這場新書發表會的，正是七寶哥。七寶哥說，算是要謝謝我救了他一命。其實，他也救過我的命。

七寶哥說這是「星空分享會」，因為發表會場地是以天空為天花板，又是在沒有人類出現的十二點，很符合「星空」這個名字。

新書發表會的主持人是我的老師吉姆叔叔。七寶哥負責邀請地下鼠，四寶哥則是邀請閃電鼠家族。我也特地把消息告訴雀雀，畢竟，她也是我故事中的主角之一。

這場新書發表會中，最讓大家興奮的，就是七寶哥居然還準備了把費。

說出來有些不好意思，但把費的食物有許多確實是從人類那裡偷來的。不過，這次不是三個家族各自單打獨鬥，而是一起聯手找食物。靠著便當鼠靈敏的鼻子，閃電鼠聰明的腦袋，還有地下鼠靈活的四肢，我們終於解決食物危機。

因此，這次的把費非常盛大，有幾顆被吃過的三角飯糰，好幾片過期白吐司，一個切了一半的蘋果，以及幾顆香氣十足的柳橙……。新書發表會都還沒有正式開始，這些食物就已經被一掃而空。吱吱！

噹！吉姆叔叔站上紙盒做的舞台，地面上放著一個不知道哪裡弄來的玻璃杯，他用銀湯匙輕輕敲響玻璃杯，說：「大家好！非常歡迎大家今天來參加十六的新書分享會。這對我們圖書館老鼠來說，是一件非常具有意義的事。從第一次見到十六時，我就發現十六有一隻好奇的眼睛，還有一顆勇敢的心。看見十六把自己的故事寫下來，我真是特別感動。廢話不多說，就請我們今天的主角十六來跟大家說話！」我聽見台下傳來歡呼聲，我不好意思的走上台，搔了搔頭說：「謝謝大家來參加我的新書發表會，這是我從來沒有想過的一天。」我以為自己會說不出話來，或者跟從前一樣結結巴巴，但我卻很快掉進這個故事裡，一股腦的把想說的話說了出來。

「最後，我想說的是不管是誰，只要他

願意，都能找到自己擅長的事。吱哩吱哩咕嚕哩！」說完，底下一片歡聲。

我以為大家是在為我鼓掌，正感到開心時，竟發現小傑不知道從哪裡出現，手裡端著一個草莓蛋糕。他向我眨眨眼，把草莓蛋糕放在地面上。

大家繞著草莓蛋糕，歡唱豐收歌。然後，一起享用了這個蛋糕。不一會兒，需要五隻老鼠才能圍起來的蛋糕，已剩下最後一片了。

「真傷腦筋，最後一片蛋糕該給誰呢？」說話的是身為主持人的七寶哥。

「為了公平起見，」閃電鼠長老用嚴肅的口氣說：「比賽決定吧！每一個家族派出一隻鼠來比賽，贏的就可以得到那片蛋糕。」

「比賽？比什麼？」地下鼠的大仔聽到「比賽」豎起耳朵。

「我想想……，」長老晃著圓圓的腦袋說：「就比……鬍鬚的長度吧！大家各派一隻鼠，拔一根鬍鬚，比長度！」

「吱！就比長度！」三妞說。

「你是今天的主角，不如就由你代表便當鼠家族吧！」七寶哥對我說。

「這……好吧。」我的個頭雖然小，但鬍鬚倒還算挺長的，我拔下留了最久的寶貝鬚放在地上。

「誰怕誰！」大仔拔下一根鬚，那根鬚又黑又長又亮，硬是比我多出一顆米粒的長度。只見地下鼠們傳出歡呼聲。

「換我！」只見三妞慢慢拔下她的鬚，那根鬚細細的，是標準的閃電形狀。但是，那根鬚看起來不僅比大仔的短，也比我的短上一截。

「看來，蛋糕是我們的了！吱吱。」大仔得意的走向蛋糕。

「等等！」長老咳了咳，走向三妞放在地上的鬍鬚，抓住那根鬍鬚的兩端、拉長，哇嗚！那根鬚被拉直後，硬是比大仔多出一截！只見大仔瞪大眼睛，不敢相信到手的蛋糕就這樣飛了。

「吱！願『比』服輸啊！」長老看著大家，露出慈祥的笑容說：「三妞五妞，把蛋糕搬過來。」

「是！」

我們眼睜睜看著兩隻閃電鼠，翹起尾巴，把蛋糕抬了去。走在最前面的長老，咳了咳，回頭看著我們一笑。啊！閃電鼠不虧是閃電鼠啊。

新書發表會後，吉姆叔叔決定隨著圖書館推出的「多元行動書車」去流浪。他說這樣就可以學到更多語言，去更多不同的地方闖蕩。聽說，口罩人因為會說越南語，也變成行動書車的一員。她可以說是除了小傑以外，對我們最和善的人類了。

「你不回佩琪那裡了嗎？」我問。

「她已經回到阿爸的身邊，我想有了阿爸，她一定不會再感到孤單。」

「你還會回來看我嗎？」我有點不好意思低下頭。

「當然。」吉姆叔叔笑著回答。他的擁抱好溫暖。

公告：吐司學校放暑假

自從《館中鼠》完成後，好多老鼠寫信來問：「吐司學校怎麼樣了？吉姆叔叔有回來嗎？香甜胖子的故事呢？」

吱！想知道後來的故事嗎？寫下個故事前，我要趁吐司學校放暑假，跟五妞、馬克吐司到「外面」去旅行。雀雀說，樹林裡有一塊空地，草很長，很少人類會去，五妞想看「真正」的植物，說要帶回來當教材。當你們看到這張公告時，我們正在搜集更多故事，請等等我們吧！

十六

附錄：鼠語辭典

鼠語	解釋	人類相近詞
咔啾	吉姆叔叔的慣用語，屬外來語，常用來表示期待、開心，置於句首表示「聽我說！」	
吱唔	吉姆叔叔的慣用語。	
咔噓	語氣詞，表示小聲一點。	祕密
吱嗚	表示傷心。	哭哭
吱哩蛋	比喻只敢躲在蛋裡，不敢出來的樣子。雖然老鼠不生蛋，但喜歡模仿其他動物，這句話就是這樣來的。	膽小鬼

鼠語	解釋	人類相近詞
吱哩咕	大笨蛋的意思，通常用來罵不太會覓食的鼠。	大笨蛋
吱哩咖	用來表示跟大家不一樣的狀態，也就是「怪咖」的意思。	怪咖
吱哩吱哩咕嚕哩	指每隻鼠都有自己的命運的意思。	
吱啊叭，哩啊叭	古老鼠諺。鼠越棒，吃越胖。	
吱咕吱，唔咕咕。	古老鼠諺。鼠咬鼠，不咬人。	
哩哩嚕咕嘰咿咕吱	古老鼠諺。好奇心殺死一隻鼠。	
滴滴吱咕咕吱	地下鼠，好獵鼠。	
吱導吱演	外來語。老鼠向人類學來的新本事。	自導自演

跟著十六來一場圖書館的冒險之旅吧（後記）

我曾在一間圖書館工作過近兩年的時光。回想起來，那份工作是我除了寫作之外，最喜歡的一份工作。成日被書環繞，穿梭在文字築成的路上。也是在那裡，我幻想中的朋友——一隻出生在圖書館的老鼠「十六」出現了。十六帶著我進入虛構的世界，展開刺激又有趣的圖書館歷險記。

我參考了《哈克歷險記》和《動物農莊》，希望能讓大人孩子透過潛藏的互文、隱喻與象徵的符碼，連結各自的圖書館經驗，讀出箇中滋味。這或許並不容易，但只要跟著十六的腳步，懷著好奇與勇敢的心，你一定能夠在這趟冒險旅程中有所獲得。

願喜愛圖書館的我寫出一番新面貌，也願你喜歡這個故事。

張郅忻 於二〇二二年八月

鼠輩也會想寫書（導讀）

——論《館中鼠》的設意與突破

許建崑

用「鼠輩」稱十六和牠的家人，沒有一點不敬的意思；就好像用「我輩」來讚許志同道合的朋友，都是順理成章。

十六生來就只有單隻眼睛，身體瘦弱，與家人住在人類新建的圖書館裡。看似平凡無奇的老鼠，卻有一段驚人的遭遇。為什麼名叫十六呢？因為牠是媽媽生的第十六個孩子。正如稱唐代詩人李白為李十二、杜甫為杜二，都是以排行來相稱。

如果沒有遇見吉姆叔叔，十六不會認識「人類的文字」，聽不懂故事，更不會「讀書」、「寫書」。然而吉姆叔叔是隻白老鼠，綽號白毛，被一位患有白化症的女孩佩琪從實驗室帶出，植入了晶片，住進圖書館。陪伴佩琪讀完《哈克歷險記》之後，吉姆懂得人類的文字和語言；他還曾教導十六認識圖書館的「圖書分類法」，讓十六具有自己找書看的本領。

然而佩琪、吉姆叔叔不見了，連七寶哥也不見了。貓咪是凶手嗎？還是圖書館中三大族群便當鼠、閃電鼠、地下鼠，為了搶奪地盤，霸占食物，互相傷害嗎？好奇的十六跟著四寶哥學武藝，闖蕩圖書館的裡裡外外，交了新朋友，有小男孩小傑，還有頂樓的雀雀。同時也觀察圖書館裡的人員，知道他們的身分、職責、情緒和人際關係。

雨過天青，十六打敗七寶哥，幫吉姆叔叔爭取一個「法定」的身分。同時見證三大鼠群的婚姻融合。也間接知道館長重新接納了佩琪。後來，十六決定寫本書，在圖書館頂樓舉行新書發表會。多溫馨的結局！

我很喜歡作者的奇思怪想，也有義務幫他「擋子彈」。首先，這是一篇看起來像「童話」的作品，故事裡頭有「鼠輩」擬人化的角色，與現實人物又混合一起能溝通對話；但我可以保證故事中沒有「魔法」，事件的發展都有「邏輯」可循，所以應該定位為「奇幻文學」或「兒少小說」。

其次，作者不斷引述文學名著，造成「互文」的效果，那他的創意在哪裡呢？故事一開始，引述馬修．巴特爾《圖書館的故事》，也「創造」了台灣南部某新建美侖美奐的圖書館，提供一個「在地性」的事件背景；而首章抄錄李歐．李奧尼《田鼠阿佛》的詩句，使十六所處的老鼠世界有情有韻味；接著，引述喬治．歐威爾的《動物農莊》，說出這個世界充斥著「權力分配不均」的「假平等」狀態，十六的世界如此，而我們現在所處的環境亦復如此。佩琪和吉姆一再閱讀馬克吐溫的《哈克歷險記》，更是集冒險、逃跑、機智、取勝等元素，書中人物佩琪、吉姆、十六，連四寶哥、七寶哥都是響叮噹的冒險角色！至於故事中還有許多「彩蛋」，限於我個人的腦容量，只能翻查到此，還請各位自行尋找。

第三，從國際舞台跨向本土在地的努力。有關老鼠的故事，不勝枚舉。除了《田鼠阿佛》以外，《十四隻老鼠大搬家》、《實驗鼠的祕密基地》、《湯姆與傑利》、《遇見詩人艾蜜莉》、《小老鼠漂流記》、《小老鼠司圖雅特》、《料理鼠王》等等，每一本小老鼠的故事都讓人動容。是不是還缺一本有「本土滋味」的在地創作呢？

本書開端讀的不是「序言」，而是「鬚言」，很有「鼠感」；在新冠疫情下出現了外籍員工「口罩人」，是台灣社會人力缺乏借助外勞的普遍現象；而小傑爸爸開的黃色計程車是「頭油塔」，堪稱本地「國民車」；十六與七寶哥對打，出現「無線滑鼠」、「倒鼠計食」、「醉鼠鑽牆」等招式，最後又花了「九鼠二貓」之力，化解危機。每段文字，每個橋段，都有台灣本土語言的氣息，同時也表現了作者的情懷與幽默俏皮的個性。東晉時期的王戎說過：「情之所鍾，但在我輩。」「有情有義」，可以讓讀者琢磨再三，也正是貫穿整個故事的主軸。

整體來說，這部作品具有強烈的遊戲性，卻不是「童騃」式的胡鬧，反而深藏著悲天憫人、洞燭先機的警世意味。

・本文作者許建崑先生為中華民國兒童文學學會理事長。

評審的話

張嘉驊（作家）：

在兒童文學中寫老鼠的並不少見，但是以「圖書館的老鼠」作為主角的少年小說，我還是頭一次看到。

這部小說在題材的選擇上已占先機，而它的第二個優點是語言活潑。作者盡其所能凸顯了鼠類特殊的口吻，甚至還為老鼠慣用的詞語編了辭典，如「吱啊叭，哩啊叭」意指「鼠越棒，吃越胖」。

由於老鼠們生活在圖書館裡，故事的情節自然帶到「閱讀」的主題。我認同小說從一開始就朝這個方向去發展，只可惜它沒有好好貫徹，一個突如其來的轉折便改變了原本經營得不錯的焦點。

結構出現問題，某些人物的關係不夠清晰也是個問題。要是作者能在這兩個方面有所改善，我想，這部小說憑著它與眾不同的創意，應該可以獲得評委更多的肯定。

謝鴻文（林鍾隆兒童文學推廣工作室執行長、兒童文學作家）：

跨越小說與童話的邊界，作者致力營造出一個生活和樂，甚至有點歌舞昇平安逸的「鼠世界」，故事一開頭還將之形容成「禮物」，更加深了這個鼠世界——圖書館帶給館中鼠們的幸福愉悅。

此情境設定引人入勝，故事主要的敘事者是綽號「吱哩咖」的便當鼠，透過他的視角看見圖書館的經營運作，特殊的建築空間設計，以及館內各式人類的言行舉止，時見妙趣橫溢。

作者不知是否有參考借鑑丹尼爾・柯克繪本《圖書館老鼠》？繪本中意外成為受歡迎作家的老鼠山姆，也許亦是吱哩咖最後寫出《館中鼠》一書的靈感。促使吱哩咖有這般動力的來源，是他的吉姆叔叔教的。吱哩咖經由閱讀，才能拓展視野看見更寬闊的世界，同時跟著文字飛抵深蘊哲思裡。他與吉姆叔叔之間的互動談話，情感的依附聯繫，是這篇小說寫得最為精彩迷人的一部分。不過吉姆叔叔為何在故事進行到一半驟然離家，一個冬天過去才又返回，諸多神祕懸疑未解。不僅吉姆叔叔，還有不少角色也都有類似的問題，短暫出現，又倉促消失，處理不夠完善。

其次，館中鼠們住居的圖書館明顯是以高雄市立圖書館總館為模型，如此新穎摩登，且現實景觀環境都清理得頗為整潔乾淨的圖書館，竟被虛構成有一大群老鼠住在那，且經常是在大白天自由出沒於館內館外，挑剔來說違背常理，邏輯與細節宜再斟酌思量，這篇小說方能更出色無瑕。

九歌少兒書房 291

館中鼠

國家圖書館出版品預行編目 (CIP) 資料

館中鼠 / 張郅忻著 ; 許育榮圖 . -- 初版 . -- 臺北市 :
九歌出版社有限公司 , 2022.09
面 ; 公分 . -- (九歌少兒書房 ; 291)
ISBN 978-986-450-476-3(平裝)
863.596 111011701

作　　者——張郅忻
繪　　者——許育榮
責任編輯——鍾欣純
創 辦 人——蔡文甫
發 行 人——蔡澤玉
出　　版——九歌出版社有限公司
臺北市 105 八德路 3 段 12 巷 57 弄 40 號
電話／02-25776564・傳真／02-25789205
郵政劃撥／0112295-1

九歌文學網 www.chiuko.com.tw

印　　刷——晨捷印製股份有限公司
法律顧問——龍躍天律師 ・ 蕭雄淋律師 ・ 董安丹律師
初　　版——2022 年 9 月
定　　價——300 元
書　　號——0170286
I S B N——978-986-450-476-3
9789864504749（PDF）